시 심 전 심

정끝별의 국어 교과서 시 새로 읽기

시심전심

초판 1쇄 발행 2011년 10월 25일
초판 6쇄 발행 2024년 12월 5일

지은이 정끝별
책임편집 김민정 **편집** 정세랑 이수영
저작권 박지영 형소진 최은진 서연주 오서영
마케팅 정민호 서지화 한민아 이민경 왕지경 정유진 정경주 김수인 김혜원 김예진
브랜딩 함유지 함근아 박민재 김희숙 이송이 김하연 박다솔 조다현 배진성
제작 강신은 김동욱 이순호
제작처 영신사

펴낸곳 (주)문학동네
펴낸이 김소영
출판등록 1993년 10월 22일 제406-2003-000045호
주소 10881 경기도 파주시 회동길 210
전자우편 editor@munhak.com **대표전화** 031)955-8888 **팩스** 031)955-8855
문의전화 031)955-2696(마케팅) 031)955-2678(편집)
문학동네카페 http://cafe.naver.com/mhdn
인스타그램 @munhakdongne **트위터** @munhakdongne
북클럽문학동네 http://bookclubmunhak.com

ISBN 978-89-546-1610-2 03810

www.munhak.com
문 학 동 네

시심

정끝별의 국어 교과서 시 새로 읽기

전심

정끝별 지음

문학동네

차 례

3 시의 새로움을 위하여

4 시의 여백과 미의식

5 청춘의 노래를 들어라!

오랫동안 시를 읽고 쓰고 가르치면서, 또 두 아이를 키우면서 가장 아쉬웠던 점은 청소년기의 시 교육이 시적인 감수성은 물론 시 감상 능력까지를 '말살' 시키고 있는 게 아닌가 하는 회의였다. 시에 가까운 말과 문장을 구사하던 아이들이 어째서 중고등과정을 거치기만 하면 시에 문외한이 되어버리는 것인지 놀라웠다.

스무 살이 되어, 시를 읽고 싶은 맘 굴뚝같지만 그땐 이미 때를 놓친 지 오래! 고등교육을 마치거나 대학에 입학한 성인들이 이렇게 이구동성이다. 시 어려워요, 무슨 말인지 도무지 모르겠어요, 그거 사차원들의 암호 아니에요?, 재미나 감동을 전혀 못 느끼겠어요…… 여전히 시에 대한 미련을 버리지 못한 몇몇 '늦된' 시 독자들이 서점에 가서 시집을 고르느니, 팬시 시집이고 꽃무늬 시집 들이다. 남 얘기가 아니다. 30년 전의 내 모습이고, 몇 년 후 내 딸의 모습이고, 지금 우리들의 모습이다.

중고등과정의 시 교육이 제대로 되어야 시가 '죽지 않는' 길이라고 믿고 있다. 이 책이 시를 읽는 능력, 시를 감상하고 이해하는 능력을 키우는 데 초점을 맞춘 까닭이다. 시어 하나하나를 꿈꿀 수 있는 섬세한 감각과 열린 상상력, 그것들을 엮어 한 편의 시로 종합해낼 수 있는 논리적인 사유는 시를 읽는 데 필수적인 능력임에 틀림없다. 그 감상과 이해를 유기적인 한 편의 글로 풀어낼 수 있는 능력 또한 문학적, 아니, 인문학적 글쓰기의 기본일 것이다.

현대시가 어렵다면 그 어려움을 온몸으로 뚫고 넘어가는 게 정공법이다. 특별히 시 읽기의 대상 작품을 교과서에 자주 실렸던 시들, 그러나 그동안 잘못 읽어왔거나 읽으면서 놓쳤던 부분이 많은 시들, 그러니까 다른 해석의 여지가 많은 시들을 고른 까닭이다. 사실은, 우리 현대시를 대표하는 시들 중 가장 어려운 시들이라 해도 과언이 아닌 작품들을 고른 까닭이기도 하다. 어려운 시를 나름의 감각과 논리로 풀어낼 수 있는 내공이 쌓였을 때 쉽고 좋은 시의 매력은 보너스처럼 더욱 돋보이는 법! 등반가에게 험준한 산이란 즐거운 도전의 대상이듯, 이 책에 실린 마흔 편의 시를 뚫고 나아갈 수 있다면 어떠한 시들 앞에서도 주눅 들지 않는 '천하무적 시 읽기'가 가능할 것이라 믿는다. 그런 의미에서 이 책은 휘리릭 읽을

만한 책은 아니다. 한 손엔 밑줄 칠 연필을 들고, 한 손엔 메모할 노트를 들고 읽기 바란다.

천하무적 시 읽기의 '노하우'는 시가 시인 까닭을 다시 한번 확인해보는 데서 찾아야 한다. 시가 시인 까닭은 시가 알지 못하는 데서 울려오기 때문이다. 시의 뿌리는 쉽사리 잡히지 않고 시의 꽃가루 또한 어디로 흩어지는지 분명하게는 알 수 없다. 우리의 삶 혹은 존재의 조건처럼 말이다. 시가 시인 까닭은 또한 시 자체가 애매하고 모호하기 때문이다. 시의 의미는 열려 있을 뿐, 열려 있는 여백 혹은 틈에 독자 스스로가 찾은 의미를 채워넣어 읽을 수 있어야 한다.

그리고 시가 시인 까닭은 읽어도 읽어도 써도 써도 시의 끝에 이르지 못하기 때문이다. 사람과 사물과 세계, 그리고 그것들에 대한 사랑, 거기에는 끝이 없는 것처럼! 그게 바로 우리 삶의 절망이자 희망이고, 시의 한계이자 비전일 것이다. 그러니 시를 잘 읽으려면 시가 시인 까닭들을 그대로 받아들이고 즐기는 수밖에!

이 책은 오래전에 기획되었다. 어린이들을 위한 동시 읽기 및 쓰기에 관한 책『시가 말을 걸어요』를 펴낸 직후였다. 그 책은, 초등학교에 입학한 첫째 딸을 위해 연재를 시작해서 딸이 초등학교 4학년이었던 2004년에 출간되었다. 출간 직후, 첫째 딸이 고등학교 들어갈 즈음 청소년을 위한 교과서 시 읽기에 관한 책을 내야겠다고 마음먹었다. 그리고 2006년 겨울부터 청소년계간문예지『풋,』에 연재가 시작되었다. 시를 읽고 쓰고 가르치는 엄마가 제 아이에게 가장 잘 해줄 수 있는 것 역시 시에 관한 것이라는 소박한 믿음이 이 책을 기획한 일차적인 동기다. 국어 선생님이 되고자 하는, 대학과 대학원의 제자들에게도 작은 도움이 되었으면 하는 바람도 크다. 기존의 해석과 다른 부분들도 있기에 시를 전공하는 사람들도 읽어주었으면 하는 욕심도 있다.

시를 읽는다는 것, 특히 '교과서에 실린 시'를 읽는다는 것은 지식과 정보로서의 시 읽기를 넘어서야 하는 일이다. 대입 수학능력시험에서조차도 지식이나 정보로서의 시의 이해를 묻는 문제는 사라진 지 오래다. 두 편 이상의 시를 제시한 후 그 시들 간의 공통점

(차이점)을 중심으로 시를 감상하고 해석할 수 있는 능력을 요구하고 있으며, 나아가 표현 능력까지를 묻는 방향으로 나아가고 있다. 매 편의 글 말미에 "그리고 여기"를 덧붙여, 앞서 읽은 시와 연관성 깊은 또다른 시를 제시함으로써 '수능(언어) 지문의 세트 형식'을 익힐 수 있도록 구성했다. 두 시들 간의 공통되는(차이 나는) 시적 요소를 찾은 후 제시된 시를 다시 자발적으로 꼼꼼하게 촘촘하게 해석해보는 일은 독자들의 과제로 남겨둔다. 좋은 시는 또다른 시를 부르는 법이거늘, 제시된 시 이외의 시들을 찾아내 비교(대조)해보는 일 또한 자발적인 과제로 남겨둔다.

무엇보다 '교과서에 실린 시'를 읽는다는 것은 시를 정말로 좋아할 수 있도록, 시의 맛과 시의 정신을 느끼면서 풍요롭게 '맘껏' 상상하며 읽어내야 하는 일이다. 그러니, 지금 당장, 시 참고서들부터 덮어라. 모든 시 구절에 밑줄 긋고 달아놓은 단답형 해석부터 덮어라. 그리고 먼저 읽어라, 느껴라, 상상하라, 그리고 궁금해하라. 그러면 열릴 것이다. 시가, 여러분 앞에!

연재하는 동안 '교과서'라는 개념이 많이 달라졌다. 18종의 문학 교과서에서 이제는 종수가 늘어난 것은 물론 '검정'에서 '인정' 교과서로 바뀌고 있다. 교과서에 실린 시 또한 다양해지고 그 범위도 넓어졌다. 그러니 이 책에서 언급하고 있는 시들은 '교과서에 실렸던 시' 혹은 '교과서에 실릴 만한 시'라고 해야 마땅할 것이다. 열여덟부터 마흔여덟(물론 정신연령이다!)까지 시에 입문하려는 사람들이 읽어야 하는 시, 반드시 읽었으면 하는 시 들이라는 점에서 그렇다.

이 책이 나오기까지 오랜 시간이 걸렸고 무엇보다 많은 분들의 도움이 컸다. 처음 『풋,』의 지면을 흔쾌히 마련해준 '뱀률' 시인이 있었고, 재기발랄한 그러나 엄혹한 장인정신으로 한 글자! 한 글자! 수를 놓듯 책으로 엮어준 '민쟁' 시인이 있었다. 이 책의 일차 독자들이 되어준 명지대학교 교육대학원 국어교육 전공생들이 있었고, 항구여일 내 마음속 독자였던 두 딸들이 있었다. 특별히, 책 출간 계획을 듣고 흔쾌히 두 손을 잡아주셨던 최용석(고려대학교사범대학부속중학교 교사) 선생님과 정윤혜(삼각산고등학교 교사) 선생님이 계셨다. 청소년들이 조금이라도 쉽고 편안하게 읽을 수 있다면 두 분의 도움에 빚진 바 크다. 이 모두의 도움이 없었다면 이 책 역시 머릿속에 떠올랐다 사라져버린, 수많은 마음속의 책들 중 한 권이 되었을 것이다.

유독 시에만 '인人'자를 붙이고 또 '심心'자를 붙인다. 시가 사람에서 나고 사람의 마음에 자리하기 때문이다. 그런 시의 마음을 전한다. '시심전심'이랬거니, 많은 마음에 가닿았으면 한다. 무엇보다 질풍노도의 청소년기를 보내고 있는 두 딸들부터 즐겁게 읽어주었으면 하는 마음이다. 조금은 어렵게 읽더라도, 읽고 나서 시와 한 뼘쯤 더 친해진다면 더없이 행복하겠다. 나아가 어떤 시든 나름대로 읽어낼 수 있고, 나아가 좋은 시와 의미 있는 시를 가려낼 수 있었으면 하는 마음 또한 간절하다.

2011년 가을에

정끝별 씀

일 러 두 기

* 작품이 '발표' 된 시기를 우선으로 밝혔으며 불분명한 경우 시집 '수록' 시기를 밝혔다.
  창작 시기는 작품 이해에 도움을 주기 때문이다.

* 시의 원문은 전집이나 시집에 수록된 시를 기준으로 했다.
  한자의 경우 시적 의미가 있다고 판단되는 경우에 한하여 괄호 속에 병기했으며,
  띄어쓰기나 맞춤법은 시적 의미와 뉘앙스를 침범하지 않는 범위에서 현대 표기에 맞게 적었다.

* 시에 대한 좀더 깊이 있는 이해를 위한 필자의 각주는 기호 대신 선을 활용하여
  해당 부분의 본문과 연계, 한층 보기 쉽게 하였다.

* 어려운 시어와 해설에 사용된 어려운 용어들의 사전적 뜻을 편집자주로 달았으며
  간략한 시인 소개 또한 덧붙였다.

1

사랑, 영원히 변치 않는 이름!

세상에서
가장 아름다운 사랑의 꽃,
진달래꽃

김소월 「진달래꽃」

—

이성복 「꽃피는 시절」

김 소 월

본명 김정식. 1902년 평북 구성에서 태어났다. 오산학교와 배재고를 졸업하고 도쿄상업대학을 중퇴했다. 오산학교에서 평생 문학의 스승이 된 김억을 만났고 그의 지도 아래 1920년 『창조』 5호에 처음으로 시를 발표했다. 이후 여러 잡지에 「그리워」 「진달래꽃」 「금잔디」 「엄마야 누나야」 등의 시를 발표해 문단의 주목을 받았다. 1934년 아편 과다복용으로 요절했다. 살아생전인 1925년 시집 『진달래꽃』을 펴냈고, 사후인 1939년 김억이 엮은 『소월 시초』가 발간됐다.

이 성 복

1952년 경북 상주에서 태어났다. 서울대 불문과 및 동대학원을 졸업했다. 1977년 『문학과지성』을 통해 등단했다. 시집으로 『뒹구는 돌은 언제 잠 깨는가』 『남해 금산』 『그 여름의 끝』 『호랑가시나무의 기억』 『아, 입이 없는 것들』 『달의 이마에는 물결무늬 자국』 등이 있다. 계명대 문예창작과 교수로 재직중이다.

시 속의 시인은 실제 시인과 반드시 일치하지 않는다. 시 속의 시인은 실제 시인이 시의 화자persona● 로 창조된 것이지 시인 자신은 아니다. 시의 화자는 가면 혹은 탈을 쓰고 등장하며 이는 허구적이고 극적인 인물일 경우가 많다. 그러나 시는 1인칭의 고백적 요소가 강하기 때문에 시인과 시적 화자는 서로의 경계를 침범하곤 한다. 특히 시의 화자가 1인칭일 경우 실제 시인과 동일할 수도 있고 다를 수도 있는데, 동일할 경우 자전적이고 고백적이라 한다. 우리가 '시인'이라고 쓸 때와 '화자'라고 쓸 때 지칭하는 대상이 다르다는 점은 알고 있어야 할 것이다.

우리 현대시의 경우 남성 시인이 대부분이지만 시 속에서 여성적 화자의 목소리를 내는 경우가 많다. 김소월, 한용운, 김영랑 시인의 작품들이 그 대표적인 예들이다. 그중에서 시의 화자와 정서적 측면에서 애매모호한 시 한 편을 소개한다. 가장 쉬운 우리말로 가장 애매모호한 시를 썼던 시인, 김소월(1902~1934)의 「진달래꽃」이다. 봄이 오면 가장 먼저 피는 꽃, 방방곡곡 피는 꽃, 우리의 사랑 같은 꽃이 바로 진달래꽃이다.

화자 시 속에서 특정한 목소리와 어조로 시를 전달하는 사람. 이를테면 실제 시인은 중년 남성이지만 시에서는 여자아이의 화자가 될 수 있다.

나 보기가 역겨워
가실 때에는
말없이 고이 보내 드리우리다

영변• 寧邊에 약산• 藥山
진달래꽃
아름 따다 가실 길에 뿌리우리다

가시는 걸음걸음
놓인 그 꽃을
사뿐히 즈려밟고• 가시옵소서

나 보기가 역겨워
가실 때에는
죽어도 아니 눈물 흘리우리다

—**김소월,「진달래꽃」(『개벽』 발표, 1922)**

소리 내서 읽어보면 물결처럼 혹은 노래처럼 일렁임이 느껴지는 시이다. 7·5조의 3음보• 가락 속에 수미상관•으로 첫 연과 끝 연을 반복하고 있으며 종결어미 또한 다채롭게 반복하고 있기 때문

영변 평안북도 영변군에 있는 면.
약산 평안북도 영변의 서쪽에 있는 산.
즈려밟고 위에서 내리눌러 밟고.

3음보 시에 있어서 운율을 이루는 기본 단위. 우리나라 시의 경우 대체로 휴지의 주기라고 할 수 있는 3음절이나 4음절(때로는 2음절이나 5음절도 가능)이 한 음보를 이룬다. "나 보기가/역겨워/가실 때에는"으로 나뉘어 3음보를 이룬다.
수미상관 시가에서 첫 연을 끝 연에 다시 반복하는 문학적 구성법.

이다. 그러나 이 익숙한 리듬과 이 시의 유명세가 시의 이해를 방해하기도 한다. 게다가 많은 참고서들이 이 시를 "이별의 슬픔을 인종忍從●의 의지로 극복해내는 여성 화자를 설정하여 이별의 정한이라는 문학적 전통을 계승"하고 있는 시로 소개하고 있다. 과연 그러한가?

마치 처음 보는 사람을 바라보듯 선입견 없이 시의 의미를 짚어가며 다시 한번 읽어보자. 역겨워, 가실 때에는, 영변에 약산, 뿌리우리다, 사뿐히 즈려밟고 등은 세심한 주의를 요하는 구절들이다. 무엇보다 '남성 화자'가 부르는 지고지순한 '사랑'의 노래로 읽히지는 않는지……

이별시인가 사랑시인가

1연부터 보자. 1행의 '역逆겨워'의 사전적 정의는 "역정이 나거나 속에 거슬리게 싫다"이다. 일반적으로 "비위가 상해서 구토가 날 것 같다"라는 강한 부정의 뉘앙스를 담아 사용하곤 한다. 한데 이 시의 화자는 자신을 보기가 역겨워 (떠나)가실 그 길에 진달래꽃을 뿌려놓고자 한다. 이별의 순간까지도 애틋한 마음을 전하고자 하는 시의 전체 문맥을 감안해서 볼 때 아무래도 '역겨워'의 사전적 정의는 그 부정적 뉘앙스가 너무 강하다.

인종 묵묵히 참고 따름.

뉘앙스nuance 음색, 명도, 채도, 색상, 어감 따위에서 비롯되는, 말의 미묘한 차이 또는 그런 차이에서 오는 느낌이나 인상을 이르는 말로 '느낌', '말맛', '어감'으로 번역된다. 예를 들어, '고요하다'와 '조용하다'는 비슷한 뜻이지만 '고요하다'가 완전한 정적 상태에 있는 것을 뜻하는 반면에 '조용하다'는 시끄럽지 않은 약간의 소리가 들리는 상태에도 쓸 수가 있다. 뉘앙스는 이런 미묘한 차이나 느낌을 이르는 말이다.

달리 해석할 수는 없을까? '역겨워'에서 '역'의 한자를 역逆이 아니라 역力으로 읽을 수는 없을까? 그렇게 읽는다면 '역겨워'의 의미는 '힘겹다'는 뜻으로 해석된다. 이 '역(힘)겹다'와 비슷한 용례로는 흥興겹다, 정情겹다, 근심겹다, 고난겹다, 눈물겹다 등이 있다. 같은 용법의 '역겨워'라는 표현은 소월과 동시대의 시인 김동환도 시에 쓴 적이 있으며, 실제로 '겹다'라는 표현은 소월도 즐겨 쓰는 시어였다.[*] '역정이 날 정도로 싫다'라는 의미보다는 '힘에 겹다'라는 의미로 해석했을 때 소월 시의 특징인 애틋한 정서와 시적 애매성이 더 커진다.

이 시의 핵심은 2행의 '가실 때에는'이라는 미래가정형 서술에 있다. 발표되기 전의 탈고시[*]를 보면 미래적 의미가 더욱 강조된 "가실 때에는, 그때에는"이라고 표기되어 있다. 그러므로 이 시가 설정하고 있는 이별은 지금은, 아직은, 아닌 것이다. 그렇다면 어떤 상황일까? 이별의 시가 아니라 사랑의 충만함으로 이별을 염려하는 사랑의 노래는 아닐까?

사랑의 절정에서 이별을 염려하는 것은 사랑에 빠진 보통 사람의 일이다. 가장 사랑하는 순간에 "이다음에 우리가 헤어질 때"라고 가정해보는 것이 사랑의 역설이기도 하다. 그리고 사랑에 빠진 사람들일수록 우리가 헤어질 그때에는 '말없이 고이' 보내주겠노

[*] 김동환 시인이 쓴 시 구절 "그 맵시 차마 한꺼번에 다 보기 역겨워"(「내일날」)와 "이 한밤을 혼자 보내기 역겨워"(「춘원초」) 등에서 그 용례를 찾아볼 수 있다. 게다가 소월은 애哀스러라, 허虛수럽다, 험險구진 등과 같은 한자합성어를 즐겨 사용하였을 뿐 아니라, "좋다 봄날은/ 몸에 겹지"(「널」)에서처럼 '겹다'는 단어를 즐겨 사용한 바 있다.

[*] 이 시는 1922년 1월에 탈고되어 김억에게 먼저 보내졌고, 1922년 7월 『개벽』에 발표되어 1925년 12월에 시집 『진달래꽃』에 실리게 되었다. 조금씩 다른, 세 편의 원본이 있는 셈이다.

라고 말한다. 내가 힘겹거나 내가 싫어져서 나를 떠난다 해도 화를 내거나 비난하면서 매달리지 않겠다고 다짐한다. 물론 내가 먼저 떠나는 일 따위는 상상조차 못할 일이다. 어쨌든 사랑에 빠져 있을 때, 그때는 서로가 서로를 그렇게 믿곤 한다. 사랑한다면 이별조차도 아름다워야 하는 법이라고!

왜 '영변에 약산 진달래꽃'일까

2연을 보자. 역시 탈고시를 보면 "영변엔 약산/ 그 진달래꽃"이다. 소월은 어릴 적 평안북도 정주에서 자랐다. 정주와 가까운 영변에는 약산이라 불리는 산이 있는데 예부터 약수와 약초가 많이 난다고 해서 붙여진 이름이다. 이 약산은 약산동대藥山東臺와 진달래로 유명하다. 그러니 정주에서 자란 소월이 보았던 '세상에서 가장 아름다운 꽃'이 바로 영변에 약산 진달래꽃이었을 것이고, 그 꽃에는 사랑의 추억이 깃들어 있을지도 모른다. 소월은 '영변에 약산 진달래꽃'이라는 고유명사를, '세상에서 가장 아름다운 사랑의 꽃'으로 보통명사화시키고 있다.

왜 꽃을 뿌리겠다는 걸까? 일반적으로 꽃을 바친다는 것은 소중한 마음을 바치는 비유적 행위다. 사랑을 고백할 때 꽃을 바치는 이유다. 나 보기가 역겨워 가실 당신이기에 꽃을 바치는 대신 '꽃을 뿌리'겠다는 것이다. 당신이 가신다 해도 당신에 대한 나의 사랑은 여전한 것이기에, 한 아름을 따다 뿌리겠다는 것이다. 일찍이 불가에서는 부처님이 지나가시는 길에 꽃을 뿌리기도 했다. 지나가시는 부처님의 발길을 영화롭게 한다는 산화공덕散花功德● 의식이 바로 그것이다.

세상에서 가장 아름다운 꽃을 당신이 가실 길에 뿌림으로써, 떠나가실 당신의 행복을 기원하고 당신을 향한 여전한 내 사랑을 전하겠다는 마음이야말로 사랑에 빠진 사람의 가장 행복한 몽상이다. 얼마나 아름다운 사랑의 의지인가. 그러니 가시는 걸음걸음 그 꽃을 밟으면서 나의 사랑을 아름답게 기억해달라는 소망 또한 사랑에 빠진 사람의 간절한 바람이다. 특히 '아름'은 두 팔로 사랑하는 사람을 껴안았던 사랑의 충만함을 환기시키는 감각적 시어다.

사랑이 힘겨워 당신이 떠나려 할 때, 당신을 '말없이 고이' 보내드릴 테니, 당신은 내 사랑의 상징물인 진달래꽃을 '사뿐히'● '즈려밟고' 가달라는 것이다. '즈려'는 '눌러, 저질러'라는 뜻을 지닌 평안도 사투리다. 그런데 하필 왜 '즈려'밟고 가달라는 것인가?

모든 꽃은 여리다. 꽃이 밟히는 순간, 모든 여린 꽃은 '즈려'밟힌

산화공덕 불교의 전통의식이다. 부처님이 지나가시는 길에 꽃을 뿌려 그 발길을 영화롭게 한다는 축복의 의미이다. 부처님은 석가모니 이외의 모든 부처를 의미한다. 문학을 해석함에 있어서 이 단어가 자주 등장하는데, 대표적인 작품이 김소월의 「진달래꽃」이다.

● 탈고시에는 '사뿐히'가 아니라 '고히나'로 씌여 있다.

다. 여림으로써 아름다움을 발산하는 것이 꽃의 운명이다. 사뿐히 밟히든 곱게 밟히든, 밟히는 순간 즈려밟히게 되는 것이 모든 꽃의 운명이다. 말없이 고이 보내준다 해도 보내는 이의 속마음은 찢어지듯, 사뿐히 밟고 간다고 해도 실제로는 즈려밟히게 되는 이별의 운명을 아름답게 승화시키고 있는 것이다. '사뿐히'와 '즈려'라는 반대되는 속성을 하나로 통합시키는 이 역설적인 표현 속에는 이렇듯 꽃으로 비유되는 사랑의 역설적 운명이 담겨져 있다.

시의 화자는 여성인가 남성인가

김소월 시의 대부분이 여성 화자라는 선입견 없이 읽었을 때 이 시는 남성적 화자의 확고한 의지가 돋보이기도 한다. 실제로 한국어를 배운 외국인들에게 이 시를 읽혔을 때 대부분이 남성 화자로 읽었다고 한다. 물론 시인이 남성이라는 점도 이 시의 화자를 남성으로 읽어내는 주요한 조건일 것이다. 특히 종결어미가 '~우리다'로 표기된 데 주목해보자.● '~우리다'는 분명 무겁고 둔한 느낌의 음성 모음으로 남성적 어조에 가깝다. 뿐만 아니다. 사랑의 꽃을 바치는(혹은 '뿌리는') 주체가 대체로 남자라는 점에서도, '사뿐히' 즈려밟고 갈 수 있는 주체야말로 오히려 여성에게 어울린다는 점에서도, 무엇보다 '죽어도 아니 눈물을 보이겠다'는 것이야말로

● 탈고시, 발표시, 시집에 수록된 시 모두 '~우리다'로 표기되어 있다.

남자다움의 요건이라는 점에서도 이 시의 화자는 남성적이다.

지금은 아니지만 만약에 나 보기가 힘겨워 떠나가실 그때에는, 이별의 슬픔으로 눈물을 참기란 죽는 일만큼이나 힘겨운 일이겠지만 그래도 그때에는, 당신을 '말없이 고이' 보내드리겠고, 당신이 '사뿐히 즈려밟고' 떠날 수 있도록 죽을 만큼의 힘을 다해 눈물만은 보이지 않겠다는 다짐이 이 시의 전모다. 그 굳은 결기•를 드러내기 위해 '아니'라는 부정의 부사를 앞으로 도치시켜 강조하고 있다.• 얼마나 애틋한 사랑시인가. 이별의 슬픔 내지는 정한을 노래하고 있다기보다는, 무한한 사랑의 배려와 지고지순함을 노래하고 있지 않은가. 우리 모두가 꿈꾸는, 이별조차 아름다운 사랑을!

그리고 여기,
이별을 예감하는 또다른 사랑시

사랑의 절정에서 이별을 생각하는, 그러니까 한용운의 시 구절을 빌려 말해보자면 "만날 때에 떠날 것을 염려"(「님의 침묵」)하는 시가 또 있다. 이성복(1952~) 시인의 「꽃피는 시절」은 당신이 오는 데서부터 시작해 당신이 '내 안에 있음'까지를 노래한다. 꽃피는 시절에 '잔잔한 웃음'이나 '마른 흙더미' 같은 존재로 당신은 온다. 당신은 그렇게 봄이 오고 꽃이 피듯 내게 오지만, 그리고 내 안에 존재하

결기 곧고 바르며 과단성 있는 성미.

• 『개벽』에 발표한 원고에는 '아니' 다음에 쉼표까지 찍고 있다.

지만, 당신은 '나'를 알지 못하고 심지어 나를 떠나가고 싶어한다.

내 안에 '있음'은 고통스럽게도 나를 '떠남'을 예비하고 있다. 꽃이 지는 형상과 그 계절을, '목'이 갈라지고 '실핏줄'이 터지고 급기야 '눈'과 '귀'와 '몸뚱이'가 갈가리 찢어지는 이별의 고통에 비유하는 감각적 표현이 절절하다. 그러나 '떠나갈'이나 '보낼' 처럼 이별의 비유들이 모두 미래형임에 주의해야 한다. 무엇보다 "지금 당신은 내 안에 있지만/ 나는 당신을 어떻게 보내드려야 할지 모르겠습니다"라는 마지막 구절 때문에 이 시의 제목은 '꽃 지는 시절'이 아니라 '꽃피는 시절'이다. 마치 꽃이 피듯 왔다가 꽃이 지듯 떠나는 당신, 그러니 내가 당신을 내 안에 품고 있는 그동안이 바로 꽃피는 시절이 아닌가! 당신이, 당신을 향한 사랑이 바로 꽃이 아닌가!

> 멀리 있어도 나는 당신을 압니다
> 귀먹고 눈먼 당신은 추운 땅속을 헤매다
> 누군가의 입가에서 잔잔한 웃음이 되려 하셨지요
>
> 부르지 않아도 당신은 옵니다
> 생각지 않아도, 꿈꾸지 않아도 당신은 옵니다
> 당신이 올 때면 먼발치 마른 흙더미도 고개를 듭니다

당신은 지금 내 안에 있습니다
당신은 나를 알지 못하고
나를 벗고 싶어 몸부림하지만

내게서 당신이 떠나갈 때면
내 목은 갈라지고 실핏줄 터지고
내 눈, 내 귀, 거덜난 몸뚱이 갈가리 찢어지고

나는 울고 싶고, 웃고 싶고, 토하고 싶고
벌컥벌컥 물사발 들이켜고 싶고 길길이 날뛰며
절편• 보다 희고 고운 당신을 잎잎이, 뱉아낼 테지만

부서지고 무너지며 당신을 보낼 일 아득합니다
굳은 살가죽에 불 댕길 일 막막합니다
불탄 살가죽 뚫고 다시 태어날 일 꿈같습니다

지금 당신은 내 안에 있지만
나는 당신을 어떻게 보내드려야 할지 모르겠습니다
조막만한 손으로 뻣센• 내 가슴 쥐어뜯으며 발 구르는 당신

—이성복, 「꽃피는 시절」(『그 여름의 끝』 수록, 문학과지성사, 1990)

절편 떡살로 눌러 모나거나 둥글게 만든 떡.
뻣센 뻣뻣하고 억센.

어떻게
오시는
그 누구시기에

한용운 「알 수 없어요」

—

오규원 「버스 정거장에서」

한 용 운

호는 만해. 1879년 충남 홍성에서 태어났다. 19세에 출가하여 강원도 인제 백담사에 들어가 승려가 되었다. 1919년 3·1운동 때 민족대표 33인의 독립선언을 주도하여 옥고를 치렀다. 1926년 시집 『님의 침묵』을 출간한 이후 작품활동과 불교 혁신운동을 계속했다. 1944년 심우장에서 입적했다.

오 규 원

본명 오규옥. 1941년 경남 밀양 삼랑진에서 태어났다. 동아대 법대를 졸업했다. 1965년 『현대문학』을 통해 등단했다. 시집으로 『분명한 사건』 『순례』 『왕자가 아닌 한 아이에게』 『이 땅에 씌어지는 서정시抒情詩』 『가끔은 주목받는 생生이고 싶다』 『사랑의 감옥』 『길, 골목, 호텔 그리고 강물소리』 『토마토는 붉다 아니 달콤하다』 『새와 나무와 새똥 그리고 돌멩이』 『오규원 시전집』 등이 있다. 서울예술대학 문예창작과 교수를 역임했다. 2007년 작고했다.

시는 언어예술이고 언어마술이다. 최소의 언어로 최대의 의미를 만들어내기 때문이다. 가장 친숙한 모국어로 가장 아름답고 가장 풍요롭고 가장 낯선 의미를 직조해내기 때문이다. 압축된 언어표현은 암시성을 극대화하고 시의 다의성多義性에 기여한다. 시의 다의성이란 시어, 구절, 문장 차원에서 언급될 수 있는 하나의 시적 표현이 여러 의미를 내포하는 것을 말한다. 다양한 해석과 상상을 유발하는 다의성은 시를 애매모호하게 하기도 하지만 그 애매성• 과 모호성• 으로 인해 시적인 의미와 가치 또한 풍부해진다.

이 다의성에 사유와 감각의 깊이가 동반될 때 시적 완성도는 높아진다. 삶과 세계에 대한 빛나는 통찰과 비전을 담고 있는 사유라 하더라도 그 사유가 시적인 깊이를 얻기 위해서는 감각, 즉 감각적인 언어표현을 통해 이루어져야 한다. 시인이란 '감각으로 사유하는 자'들이기 때문이다. 그러므로 시인은 세상과 자연스럽게 그리고 자유롭게 소통할 수 있도록 늘 자신의 고유한 감각기관을 활짝 열어놓고 기다려야 한다. 감각과 사유의 깊이로 시적 다의성의 진면목을 보여주는 아름다운 시 한 편을 소개한다.

애매성 희미하여 분명하지 아니한 성질.
모호성 여러 뜻이 뒤섞여 있어서 정확하게 무엇을 나타내는지 알기 어려운 말의 성질.

바람도 없는 공중에 수직垂直의 파문을 내이며, 고요히 떨어지는 오동잎은 누구의 발자취입니까.

지리한 장마 끝에 서풍에 몰려가는 무서운 검은 구름의 터진 틈으로, 언뜻언뜻 보이는 푸른 하늘은 누구의 얼굴입니까.

꽃도 없는 깊은 나무에 푸른 이끼를 거쳐서, 옛 탑 위의 고요한 하늘을 스치는 알 수 없는 향기는 누구의 입김입니까.

근원을 알지도 못할 곳에서 나서 돌부리를 울리고, 가늘게 흐르는 작은 시내는 굽이굽이 누구의 노래입니까.

연꽃 같은 발꿈치로 갓이없는• 바다를 밟고, 옥 같은 손으로 끝없는 하늘을 만지면서, 떨어지는 날을 곱게 단장하는 저녁놀은 누구의 시詩입니까.

타고 남은 재가 다시 기름이 됩니다. 그칠 줄을 모르고 타는 나의 가슴은 누구의 밤을 지키는 약한 등불입니까.

—한용운, 「알 수 없어요」(『님의 침묵』 수록, 회동서관, 1926)

"님은 갔습니다. 지가 갔습니다. 그놈은 붙잡아도 갈 놈이었습니다." 화장실 벽에서 한참을 웃으며 읽었던 문장이다. 초월과 역사와 현실 사이를 오락가락하던 스무 살 무렵, "영원의 사랑을 받을까 인간 역사의 첫 페이지에 잉크 칠을 할까 술을 마실까 망설일 때에 당신을 보았습니다"(「당신을 보았습니다」)라는 한용운(1879~1944)

• 갓이없는 끝이 없는.

시인의 시 구절들은 얼마나 비장한 '포스'를 내뿜었던가. 한용운 시가 내뿜는 포스의 팔 할은 시적 사유와 감각에 뿌리를 두고 있다.

'수직의 파문'과 '서풍'

시적 사유는 보통 사람들이 느끼는 그 너머를 보고 듣고 냄새 맡고 맛보고 만질 수 있는 감각의 깊이 속에서 출발해야 한다. 「알 수 없어요」는 그러한 감각의 깊이를 얘기할 때 즐겨 인용되는 작품이다. 1행부터 보자. 바람도 없는 공중에서 오동잎이 떨어진다. 문득, 그리고 뚝! 그렇게 떨어지는 것은 오동잎인데, 화자가 '보고' 있는 것은 오동잎이 떨어지며 지나간 허공이다. 허공에 생긴 '수직의 파문'이다.

'수직'은 물결무늬의 수평적 운동을 지시하는 '파문'과 논리적으로 모순된다. 실제로 오동잎은 어떻게 떨어질까? 잎이 커다란 오동잎은 바람이 없을 때조차도 좌우로 흔들리며 떨어진다. 잎이 커서 공기의 저항을 크게 받기 때문이다. 커다란 오동잎이 좌우로 흔들리면 떨어지는 모습을 '수직의 파문'으로 표현했다는 주장도 있다. 자연현상에 입각한 사실주의적 해석이다.

그러나 이렇게 생각할 수도 있다. 물 위에 떨어진 것들이 수면에 수평의 파문을 일으키듯, 오동잎이 공중에서 공기의 수평적 파문을 일으키며 떨어지는 것이라고. 중력에 의해 떨어지는 오동잎의 수직적 움직임을 따라 공기는 수평적 파문을 동반한다. '안 보이는 것을 보는' 사람이 시인 아니던가. 시인 한용운은 상식의 눈으로는 볼 수 없는 그 수직의 파문에서 '누구의 발자취'를 보고 있는 것이다.

2행에서 화자의 시선은 공중에서 하늘로 올라간다. 서쪽에서 불어오는 서풍*을 하늬바람, 갈바람이라 한다. '하늬바람에 곡식 모질어진다'라는 속담은, 여름 지나 서풍이 불면 곡식이 여물고 대(줄기)가 세진다는 뜻을 담고 있다. 서풍이 불면 '지리한 장마'를 몰고 왔던 무서운 검은 구름은 몰려갈 수밖에 없고, 이제 곧 파랗고 높은 가을 하늘이 열릴 것이다. 서풍에 몰려가는 검은 구름 사이로 언뜻언뜻 보이는 푸른 가을 하늘을 보며 화자는 또 '누구의 얼굴'을 떠올린다.

바람과 물과 노을이 펼치는 감각의 향연

3행에서 화자는, 맡을 수 없는 냄새를 맡고 있다. '알 수 없는 향기'가 바로 그것이다. 그 향기는 '꽃도 없는 깊은 나무', 즉 더이상

서풍 가을바람.

꽃을 피울 수 없는 오래된 나무로부터 온다. '푸른 이끼'가 돋아 있는 걸 보면 이미 죽은 나무일 수도 있겠다. 생명은 주검(죽음)을 거름 삼아 피어나기 마련이다. 죽은 나무에 돋는 푸른 이끼처럼 말이다. 또 그 향기는 '옛 탑 위의 고요한 하늘'을 스쳐서 온다. 탑이란 인간의 바람과 소원을 신에게 전달하기 위해 높이높이 쌓아올린 상징물이다. 모든 탑들이 하늘을 향해 솟아 있는 이유다. '옛 탑'이라면 인간의 오랜 바람과 소원이 담겨 있을 것이다. 죽음 위에 핀 생명을 거쳐, 오랜 염원을 스쳐 다가오는 그 향기를 화자는 '누구의 입김'으로 감각한다. '알 수 없는 향기' 속에 천년의 시간과 천년의 인간 염원을 담아내는 솜씨가 탁월하다.

4행에서는 청각을 활짝 열고 있다. 하늘이든 흙 속이든 바위 속이든, 물이 그 어디서 시작되는지 우리는 알 수 없다. 심지어 물은 물 이전에 물이 아니기도 하다. 그러니 물은 근원을 알 수 없는 곳에서 나서 흐를 뿐이다. 과학적으로도 합당한 표현이다. 그렇게 흐르다 계곡이나 골짜기의 돌부리를 만나면 소리를 내곤 한다. 그 물소리를 들으며 화자는 생각한다. 누군가가 부르는 '노래'를.

5행에서 화자는 '연꽃'을 '누구의 발꿈치'로 지각한다. '연꽃 같은 발꿈치'는 예부터 아름다운 여자에 대한 비유적 표현이다. 얼마나 아름다웠기에 발뒤꿈치가 연꽃 같다고 했을까! 이 직유에는 못

미치지만, 화자는 다시 '옥(구슬)'을 '누구의 손'으로 인식한다. 섬섬옥수纖纖玉手●도 가냘프고 고운 여자의 손에 대한 고전적 비유이다.

그렇게 아름다운 발꿈치로 끝이 없는 바다를 밟고, 그렇게 아름다운 손으로 끝없는 하늘을 만진다니! 시각에 촉각을 버무려서 밟을 수 없는 것을 밟고 만질 수 없는 것을 만지게 하는 시인의 우주적 감각이 놀랍다. 연꽃 같은 발꿈치나 옥 같은 손과 함께, 옥 같은 해를 단장하는 이 저녁놀 또한 그 '누구'가 여성이자 사랑의 대상임을 암시하는 대목이다. 이 저녁놀을 화자는 아름다운 감각과 영혼과 정신의 집약체인 '시', 그것도 그 누군가가 쓴 시에 비유하고 있다.

여기까지 'A는 B입니까?'라는 문장형식으로 5행에 걸쳐 다섯 번을 노래처럼 반복하고 있다. 감각적으로나 의미적으로나 점층적으로 확산되는 반복이다. 또한 이 반복은 사실 'A는 B이다'라는 강한 긍정을 담고 있는 설의적● 형식을 취하고 있다. 묻는 말로 긍정을 표현함으로써 독자를 끌어들이고, 물음으로써 독자도 알고 있는 답을 강조하는 형식이다. 그러므로 이 시를 한마디로 표현하자면, 그 '누구'에 대한 간절한 그리움을 설의적으로 고백하는 시라 할 수 있다.

섬섬옥수 가냘프고 고운 여자의 손을 이르는 말.
설의적 이미 알고 있는 사실을 의문의 형식으로 강조함.

이러한 설의적 반복은 6행에서 변주된다. "타고 남은 재가 다시 기름이 됩니다"라는 짧고 단호한 문장은 어조나 의미의 측면에서 독자들을 긴장시킨다. 그러나 이 문장의 의미는 이미 5행까지 지속적으로 암시하고 있었다. 오동잎은 조용히 떨어지고(거름이 되고), 푸른 하늘은 검은 구름 뒤로 열리고, 푸른 이끼는 죽은 나무에 돋고, 물은 근원을 알 수 없는 곳에서 시작되어 돌부리를 울리고(알 수 없는 곳으로 사라지고), 저녁놀이 지는 해를 곱게 단장하는, 이 모든 비유적 상황들이 6행의 의미로 수렴된다. 삶과 죽음, 시작과 끝이 다르지 않는 하나이며 순환한다는 역설적 진실을 "타고 남은 재가 다시 기름이 됩니다"라는 잠언* 형식으로 표현하고 있는 셈이다. 게다가 그 '누구'를 향해 그칠 줄 모르고 스스로 '타는 가슴'이 그 '누구'의 밤을 지키는 '등불'이라니! 또 밤은 얼마나 깊고 어두웠기에 그 등불이 그칠 줄 모르고 타는데도 약하다고 했을까? 참으로 고통스러우면서 환한 역설이랄 수밖에!

그칠 줄 모르는 사랑은, 안 보이는 것을 보고 들리지 않는 것을 듣고 만질 수 없는 것을 만짐으로써 그 사랑의 존재를 역설적으로 강조하고 있다. 그러므로 이 시는 '누구'에 앞서 그 누구가 '어떻게' 다가오느냐에 초점을 맞춰 읽어야 한다. 아름다운 순간, 감동적

잠언 가르침이나 경계로 삼기 위해 삶의 지혜와 진리를 짧게 표현한 말. '시간은 금이다', '오늘 할 일을 내일로 미루지 마라' 등이 이에 속한다.

인 순간, 형이상학적인 순간으로 포착되는 그 '누구'에 대한 절묘한 감각과 시적 비유에 강조점을 두어 읽어야 한다. 그렇게 읽었을 때 그 '누구'가 누구일까 더욱 궁금해질 것이다.

님만 님이 아니라 기룬 것은 다 님이다!

그 '누구'는 한용운 시의 키워드 '님'이라는 시어와 상통한다. 한용운 시인은 시집 『님의 침묵』을 통해 자신의 생각(사상)을 '사랑'과 '시'의 형식으로 대중들에게 전달하고자 했다. "〈님〉만 님이 아니라 기룬 것은 다 님"(「군말」)이라거나, "흔히는 임금님을 임이라고 써왔고, 그 외에도 부모라든지 부부든지 나라든지 어디든지 자기의 생각하는 바를 임이라고 쓴다"(소설 『박명』)와 같은 구절에서 한용운 스스로가 언급한 바 있듯이 그 '님'은 사랑하는 애인만을 지칭하지 않는다. 개인적·정치적·종교적·사상적 이데올로기적 측면에서 부모나 부부, 조국이나 광복, 부처나 자연의 섭리* 등으로 해석할 수 있겠다.

그러나 분명한 것은 그 '님'이 지금—여기에는 부재한다는 사실이다. 한용운 시인은 그 부재하는 존재를 이렇듯 실재하는 듯한 감각과 형이상학적인 사유로 형상화시키고 있다. 사유가 감각을 놓

형이상학 metaphysics, 形而上學 사물의 본질, 존재의 근본 원리를 사유나 직관에 의하여 탐구하는 학문으로 아리스토텔레스의 책 제목에서 유래한 말이다. 경험적 대상을 탐구하는 학문인 자연과학에 반하여 이르는 말로, 경험세계인 현실세계를 초월하여 그 뒤에 숨은 본질, 존재의 근본원리를 체계적으로 탐구하려는 학문이다.

섭리 자연계를 지배하고 있는 원리와 법칙.

치지 않았기에, 즉 생각이 시를 앞서지 않았기에 그는 우리 현대시사에 우뚝 설 수 있었던 것이다.

그리하여 이 시를 '잘' 읽은 독자라면 'A는 B입니까?'의 문장형식에 맞춰 그 '누구'의 흔적을 비유적 표현으로 계속 이어갈 수 있을 것이다. 5행에 이어 6행, 7행, 8행…… 이를테면 우리가 매끼 먹는 밥의 온도는 누구의 온기일까? 함박 웃는 아이의 두 뺨은 누구의 손짓일까? 도살장에 끌려가는 어미 소의 껌벅이는 눈망울은 누구의 눈물일까?…… 그리고는 이렇게 물을지도 모르겠다. 이렇게 우리 삶 도처에 아름답고 신비로운 순간들을 펼쳐 보이는 존재는 정말 '누구'일까요? 라고. 아마 독자들이 평생 간직해야 할 물음일 것이다.

그리고 여기,
사소한 일상의 시적 재발견

오규원(1941~2007) 시인의 「버스 정거장에서」라는 시가 있다. 한용운 시인이 종교적 · 시대적 · 우주적 섭리로서의 '누구'에 경탄하며 그 아름다운 흔적들을 발견하고자 했다면, 오규원 시인은 버스 정거장에서 도무지 '시라고 할 수 없는' 그 일상적이고 통속적인 흔적들의 의미를 재발견하고자 한다. 시의 어조 또한 'A를 B라고 하면 안 되나'라는 반말 투의 설의적 물음으로 바뀌고 있다.

「버스 정거장에서」는 오규원 시인의 시작법 혹은 시론이 잘 드러난 시로서, 1980년대판 「알 수 없어요」라 부를 만하다. "내가 무거워/ 시가 무거워 배운/ 작시법을 버리고/ 버스 정거장에서 견디고" 있는 시인은 일상의 번잡함을 상징하는 '버스 정거장'에서 기존의 무거운 시와 그 시에 길들여진 독자를 '배반'하는 방법을 궁리한다. 노점의 빈 의자, 노점을 지키는 여자, 버스를 타려고 뛰는 남자의 엉덩이, 불심검문에 내미는 주민등록증, 오지 않는 버스, 시를 모르는 사람들, 쮸쮸바를 빨고 있는 여자의 입술 등이 바로 시에 다름 아님을 발견한다. 이것들은 모두 세속화된 자본주의 일상에 대한 환유•들이다. 시인도 우리와 똑같은 평범한 사람일 뿐이고, 시 쓰기 역시 일상적 삶이 재료가 된 일상행위, 일상생활의 일부에 지나지 않는다는 것이다. 사소한 일상의 재발견, 바로 여기에 새롭고 재미있는 그의 시의 비밀이 놓여 있다.

> 노점의 빈 의자를 그냥
> 시라고 하면 안 되나
> 노점을 지키는 저 여자를
> 버스를 타려고 뛰는 저 남자의

환유 어떤 사물을, 그것의 속성과 밀접한 관계가 있는 다른 낱말을 빌려서 표현하는 수사법. 숙녀를 '하이힐'로, 우리 민족을 '흰옷'으로 표현하는 것 등이다.

엉덩이를

시라고 하면 안 되나

나는 내가 무거워

시가 무거워 배운

작시법•을 버리고

버스 정거장에서 견딘다

경찰의 불심검문•에 내미는

내 주민등록증을 시라고

하면 안 되나

주민등록증번호를 시라고

하면 안 되나

안 된다면 안 되는 모두를

시라고 하면 안 되나

나는 어리석은 독자를

배반하는 방법을

오늘도 궁리하고 있다

내가 버스를 기다리며

오지 않는 버스를

시라고 하면 안 되나

작시법 시를 짓는 규칙, 방법, 수법 따위를 통틀어 이르는 말.

불심검문 경찰관이, 수상한 거동을 하거나 죄를 범하였거나 범하려고 하여 의심받을 만한 사람을 정지시켜 질문하는 일.

시를 모르는 사람들을
시라고 하면 안 되나

배반을 모르는 시가
있다면 말해보라
의미하는 모든 것은
배반을 안다 시대의
시가 배반을 알 때까지
쮸쮸바를 빨고 있는
저 여자의 입술을
시라고 하면 안 되나

—오규원, 「버스 정거장에서」
(『가끔은 주목받는 생生이고 싶다』 수록, 문학과지성사, 1987)

‘서러웁게’ 차갑고
‘길다랗게’ 파리한

백석 「멧새 소리」

—

박용래 「월훈」

백 석

본명 백기행. 1912년 평북 정주에서 태어났다. 오산고보를 졸업하고 일본 아오야마 학원에서 영문학을 공부했다. 1935년 조선일보에 시 「정주성定州城」이 당선되어 작품활동을 시작했다. 1936년 시집 『사슴』을 간행했다. 월북한 시인이라는 이유로 출판이 금지됐다가, 1987년 『백석 시전집』이 간행되면서 특유의 평북 사투리와 사라져가는 옛것을 소재로 한 향토주의 정서를 바탕으로 하는 그의 문학이 널리 알려지게 되었다.

박 용 래

1925년 충남 강경에서 태어났다. 강경상업학교를 졸업했다. 은행원 및 고교 교사를 역임했다. 1955년 『현대문학』에 「가을의 노래」가 추천되어 등단했다. 시집으로 『싸락눈』 『강아지풀』 『백발의 꽃대궁』, 시전집 『먼 바다』 등이 있다. 1980년 작고했다.

∷

참신하고 대담한 이미지야말로 현대시의 꽃이다. 백 년 남짓한 우리 현대시사는 새로운 이미지를 찾아내기 위한 노력의 역사였다고 해도 틀린 말은 아니다. 이미지 하면 우리는 쉬사리 시각적 이미지를 떠올리곤 한다. 그만큼 우리 현대시에서 시각적 이미지는 중요했다. 그러나 이 시각적 이미지는 감각적 이미지 중 하나이다. 감각적 이미지란 눈, 귀, 코, 입, 피부 등의 감각기관을 통해 보고, 듣고, 냄새 맡고, 맛보고, 만질 수 있는 모든 성질을 말한다. 그러므로 새로운 이미지는 언어와 사물과 세계에 대한 새로운 감각의 발견으로부터 출발한다.

이미지가 어떤 작용을 하는지 한 마디로 설명할 수는 없다. 시에서는 여러 개의 이미지가 동시적 혹은 연속적으로 주어지는 것이라서 그것들이 서로 어떻게 동화되고 어떻게 변형되는지도 정확히 설명할 수 없다. 분명한 점은 이미지가 우리의 상상력을 자극한다는 것이다. 이러한 이미지를 통해 인간과 사물, 삶과 세계의 새로운 모습을 발견하고 인식을 전환할 수 있을 뿐만 아니라 더 쉽게 더 생생하게 공감하고 감동할 수 있다. 백석(1912~1995) 시인의 시들은

'참신하고 대담하고 풍부한 이미지'의 보물창고라 할 만하다.

처마 끝에 명태明太•를 말린다

명태明太는 꽁꽁 얼었다

명태明太는 길다랗고 파리한 물고긴데

꼬리에 길다란 고드름이 달렸다

해는 저물고 날은 다 가고 볕은 서러웁게 차갑다

나도 길다랗고 파리한 명태明太다

문門턱에 꽁꽁 얼어서

가슴에 길다란 고드름이 달렸다

— 백석, 「멧새 소리」 (『여성』 발표, 1938)

'길다랗고 파리한' 명태

백석의 시편들 중 드물게 짧고 간결한 시이다. 시에서 시각적 이미지는 글자의 크기나 배열 형태, 한자나 외국어 표기 등에 의해서도 영향을 받는다. 외래어, 비속어, 고어나 사투리 등은 청각적 이미지에 영향을 미칠 것이다. 발표 당시의 「멧새 소리」를 보면 '명태'와 '문'이 한자로 표기되어 있다. 물론 당시에는 한자 표기가 일

명태 가공방법, 포획방법 등에 따라 다양한 이름으로 불린다. 얼리지 않은 것을 생태, 말려서 수분이 말끔히 빠진 것을 북어, 반쯤 말린 것을 코다리, 겨울철에 잡아 얼린 것을 동태라고 부르며, 산란기 중에 잡은 명태를 얼리고 말리는 과정을 반복해 가공한 것을 황태라고 부른다. 또한 명태의 새끼를 노가리라고 하며, 명란젓을 만들 때 명태의 알을 사용한다.

상적이기도 했겠으나 '明太'와 '門'이라고 표기함으로써 처마 끝에 걸려 있는 명태와 그 처마 밑으로 열려 있는 문의 시각적 이미지를 강조하고 있다. 한자가 상형문자•이기 때문에 시에서 한자는 시각적 이미지 구현에 자주 사용된다. 이 짧은 시에서 네 번에 걸쳐 반복되고 있는 明太, 明太, 明太, 明太를 보라. 실제로 기다랗게 걸려 있는 명태의 형상이 떠오르지 않는지……

「멧새 소리」는 1938년 10월에 발표되었다. 백석은 1936년부터 1938년까지 함흥영생고보에서 영어 선생님을 했었다(참고로 백석의 고향은 서해에 가까운 평북 정주다). 추측건대 이 시에는 함흥에 살던 시절에 일상적으로 보았던 삶의 풍경이 담겨 있는 듯하다. 함흥은 흥남 옆에 있는 곳으로 동해에서 가깝다. 동해안의 바닷가라면 집집의 처마마다 마당마다 겨울바람 속에서 얼렸다 녹이기를 반복하며 명태를 말리는 명태덕장은 익숙한 풍경이었을 것이다. 이 시에서도 어느 집 처마 끝에, 고드름을 매단 채 '꽁꽁 얼어' 붙어 있는 명태가 그려진다. 기다란데다 얼기까지 했고 명태 꼬리에 기다란 고드름까지 매달고 있으니 더욱 파리해 보였을 것이다. 동해의 겨울 볕이고 '날은 다 간' 저물녘의 겨울 볕이니 더욱 서럽도록 차갑기도 했을 것이다. '볕이 차갑다'라는 모순되는 이미지는 이런 맥락에서 생성되었을 것이다. 한 컷의 흑백사진을 보는 듯한 탁월한 이미지이다.

상형문자 물건의 모양을 본떠 만든 회화 문자에서 발전하여 단어 문자로 된 것으로, 원형과의 관련이 조금이라도 보이는 문자.

식용을 전제로 한 물고기를 우리는 생선이라 부른다. 그러므로 생선과 물고기는 그 의미나 쓰임새가 다르다. 식용의 대상인 생선은 맛과 신선도가 중요하지만 자연의 대상인 물고기는 아름다움과 생명력이 중요하다. 시인은 명태를 기다랗고 파리한 '생선'이라 하지 않고 '물고기'라 하고 있다. 그래서일까. '길다랗고 파리한' 생선은 볼품이 없겠지만 '길다랗고 파리한' 물고기는 어쩐지 매혹적이다. "나도 길다랗고 파리한 명태다"라는 문장이 없더라도, 눈 밝은 독자라면 그런 명태에게서 가슴속에 고드름을 매달고 문턱에 얼어붙어 있는 시인의 자화상을 읽어낼 수 있을 것이다. '길다랗고 파리한' 이미지는, 키가 크고 말라서 수척해 보였던 백석의 실제 이미지와도 많이 닮아 있다.

명태가 처마 끝에 꽁꽁 언 채로 꼬리에 고드름을 매달고 있다면 시 속의 '나'는 "문턱에 꽁꽁 얼어서/ 가슴에 길다란 고드름"을 매달고 있다. 문턱 '에' 꽁꽁 얼어 있다는 데 주목할 필요가 있다. 문턱을 오래 서성였다는 뜻일 텐데, 가슴에 '길다란 고드름'까지 달고 있다니 누군가를 기다리며 오랜 속울음을 울고도 남았을 법하다. 아마 시인은 명태 꼬리에 매달린 고드름을 보면서, 자신의 가슴에 맺힌 채 얼어버린 '눈물'을 연상했을 것이다. 그러니 화자 가슴에 매달린 고드름은 마음에서 흐르는 눈물이자 얼어붙은 기다림의 강이라 할 만하다. 그렇게 기다리는 사람은 겨우내 오지 않고 있다. 겨울 볕이 더욱 '서러웁게 차가운' 까닭이다.

왜 제목이 '멧새• 소리'일까?

이 시의 가장 뛰어난 부분은 제목 '멧새 소리'다. 시 본문에는 멧새 소리는 물론 멧새의 흔적조차 없다. 명태의 시각적 묘사에만 할애하고 있을 뿐이다. 그래서 시를 다 읽고 나면, 왜 제목이 멧새 소리일까 한참을 생각하게 한다. 그러나 이 멧새 소리는 시에서 결정적인 역할을 한다. '길다랗고 파리한' 명태의 시각적 이미지에, 청신하고 맑은 청각적 울림을 더해줄 뿐 아니라 시의 의미를 풍요롭게 해준다.

멧새 소리가 들린다는 것은 집 주변에 인기척이나 인적이 드물다는 걸 암시한다. 마당이 비어 있기 때문에 멧새들이 지저귀는 것이고 그 지저귐이 들리는 것이다. 그러므로 이때의 멧새 소리는 화자의 적막함 혹은 기다림을 강조한다. 멧새 소리가 들리는 한 오가는 사람은 없을 테니 말이다.

그러나 멧새 소리는 적막한 기다림뿐 아니라 그 기다림에 대한 희망을 암시한다. '해는 저물고' 있으니 이제 곧 멧새 소리마저 들

멧새 되샛과의 노랑턱멧새, 붉은빰멧새, 긴발톱멧새 따위를 통틀어 이르는 말. 혹은, 되샛과의 텃새. 참새와 비슷한데 몸의 길이는 17센티미터 정도이며, 등은 갈색에 검은 세로무늬가 있고 배는 연한 붉은 갈색, 머리 부분은 어두운 갈색인데 가운데는 회색이다. 얼굴과 목은 희고 흰 눈썹 선과 멱이 뚜렷하다. 러시아의 시베리아, 중국 등지에 분포한다. 또한 '산새'를 예스럽게 이르는 말.

리지 않을 것이다. 이 적막한 기다림에 문밖에서 지저귀는 멧새 소리마저 없다면 그 집은 외롭고 쓸쓸하기 그지없을 것이다. 안과 밖을 이어주는 문턱, 그러니까 누군가를 기다리며 화자가 서성이고 있는 '문턱'은 있으나 마나가 될 것이다. 이런 상황에서 들려오는 멧새 소리는 얼마나 반갑고 얼마나 큰 위로가 될 것인가. 이때의 멧새 소리는 '문턱'과 함께, 외부화자의 소통의 가능성을 열어주는 **객관적 상관물**이 된다. 화자의 적막한 기다림에 대한 은근한 희망의 메시지로도 읽힌다.

특히 백석의 삶과 일제강점기라는 시대 상황을 염두에 두고 이 멧새 소리를 생각해보면 그 의미는 훨씬 구체적이다. 낯선 함흥에서 홀로 외롭게 직장생활을 하며 누군가가 찾아오기를 기다리고 기다렸을 스물일곱 살의 백석과 그의 일상이 떠오른다. 한때는 현해탄을 헤엄쳤으나 지금은 낯선 집 처마 끝에 언 채로 꽁꽁 매달려 있는 명태는, 일본 유학까지 다녀왔으나 무기력하기만 한 식민지 지식인 백석의 분신이기도 할 것이다. 1938년부터 일제강점기의 수탈정책은 강화되기 시작한다. 명태는 또한 어둡고 암울했던 당시 상황에서 빼앗기고 유린당한 우리 민족의 분신이기도 할 것이다. 당시의 백석과 우리 민족이 그렇게 '길다랗고 파리하'게 기다리고 기다렸던 것은 무엇이었을까. 멧새 소리는 바로 그 외롭고 쓸쓸한 기다림들에 대한 위로 혹은 희망의 메시지는 아니었을까.

객관적 상관물 시인은 자신의 정서나 감정을 직접적으로 드러내지 않고 다른 사물에 빗대어 표현하기도 한다. 이때 이 사물이나 상황을 객관적 상관물이라고 한다. 객관적 상관물은 시뿐만 아니라 소설에서도 발견된다. "장지문 밖 마당가에 작은 치자나무 한 그루가 한낮의 땡볕을 견디고 서 있었다."(이청준의 소설 「눈길」)의 화자는 자신의 불편한 상황과 감정을 땡볕을 견디고 있는 '치자나무'로 표현하고 있다.

이처럼 이 시를 읽는 재미는 명태의 시각적 이미지와 멧새 소리의 청각적인 이미지를 겹쳐 읽는 데 있다. 그리고 이 이미지들의 여백에 독자 스스로가 채워 넣어야 하는 각자의 이야기에 있다. 어떤 독자는 어릴 적 건넛마을 혹은 장에 가신 엄마를 기다렸던 기억을, 온다고 하고 오지 않는 사랑하는 애인을, 이별이든 죽음이든 어떤 이유로든 헤어진 그 누군가 등을 채워 넣어 읽을 것이다. 또 어떤 독자는 새로운 내일을, 따뜻한 봄을 채워 넣기도 할 것이다.

그리고 멧새는 어떻게 지저귀었을까? 찌찌찌, 치칫치칫, 찍찍짹짹? 이 가볍고 상큼한 멧새 소리에 의해 금세라도 봄이 올 듯하다. 봄이 오면 명태 끝에 매달린 고드름도 녹고, 화자의 가슴에 매달린 고드름도 녹고, 그리하여 겨우내 문턱을 서성이며 기다리던 누군가도 올 것 같지 않은지…… 멧새 소리가 문득 누군가의 발소리만 같다. 누굴까? 왜 안 올까? 오긴 올까? 궁금하고 궁금하다. 그런 의미에서 멧새 소리는 아름다운 수수께끼다.

그리고 여기,
이미지화된 외딴 적막

하고 싶은 말을 숨겨놓은 채 생생한 이미지만을 보여주고 있는 시가 또 한 편 있다. 박용래(1925~1980) 시인의 「월훈」이다. 묘사되는 시 속의 마을은 첩첩산중에도 존재하지 않는 마을이다. 그 마을 외딴집의 '노르스름하게 익은 모과 빛 저녁 창문' 안에서는 노인이 혼자 '기인 밤'을 견뎌내고 있다. 밤중에 일어나 혼자서 무나 고구마를 깎는 노인의 행위에는 고독과 적막이 배어난다. 간간이 들리는 밭은기침 소리조차 없을 때 들려오는 '겨울 귀뚜라미 소리'는, 백석의 '멧새 소리'처럼, 외부와 소통하고자 하는 적막한 고독을 강조한다. 특히 노인과 오버랩된 철 지난 겨울 귀뚜라미를 통해 죽음 혹은 사멸의 이미지도 암시하고 있다.

이 시는 시각적 이미지 '월훈(달무리, 달그림자)'을 제목으로 앞세우고 있다. 그러나 이 시각적 이미지에 겹쳐놓은 다른 이미지들을 놓치지 않아야 한다. 달무리가 거느린 짚오라기의 설렘과 이름 모를 새들의 온기를 상상해보라. 그리고 달무리를 거느린 함박눈이 창호지 문살에 들이치는 소리를 상상해보라. '모과 빛' 창문에 깃드는 '겨울 귀뚜라미' 울음소리와 대비되어 들릴 듯 말듯, 어룽이듯 따듯하게 들릴 것만 같다. 적막할수록, 외로울수록, 그리울수록 그 소리는 클 것만 같다.

> 첩첩산중에도 없는 마을이 여긴 있습니다. 잎 진 사잇길 저 모래둑, 그 너머 강기슭에서도 보이진 않습니다. 허방다리• 들어내면 보이는 마을. 갱坑• 속 같은 마을. 꼴깍, 해가, 노루꼬리 해•가 지면 집집마다 봉당•

허방다리 땅바닥에 구덩이를 파서 위장해놓은 구덩이 혹은 함정.
갱 땅속을 파 들어간 굴.
노루꼬리 해 겨울의 짧은 해에 대한 비유.
봉당 안방과 건넌방 사이에 마루를 놓지 않고 흙바닥 그대로 둔 곳, 혹은 뜰.

에 불을 켜지요. 콩깍지, 콩깍지처럼 후미진 외딴집, 외딴집에도 불빛은 앉아 이슥토록 창문은 모과 빛입니다

기인 밤입니다. 외딴집 노인은 홀로 잠이 깨어 출출한 나머지 무를 깎기도 하고 고구마를 깎다, 문득 바람도 없는데 시나브로• 풀려풀려 내리는 짚단, 짚오라기•의 설레임을 듣습니다. 귀를 모으고 듣지요. 후루룩 후루룩 처마깃에 나래 묻는 이름 모를 새, 새들의 온기를 생각합니다. 숨을 죽이고 생각하지요.

참 오래오래, 노인의 자리맡에 밭은기침• 소리도 없을 양이면 벽 속에서 겨울 귀뚜라미는 울지요. 떼를 지어 웁니다. 벽이 무너지라고 웁니다.

어느덧 밖에는 눈발이라도 치는지, 펄펄 함박눈이라도 흩날리는지, 창호지 문살에 돋는 월훈月暈•

—박용래, 「월훈月暈」(『문학사상』 발표, 1976)

시나브로 모르는 사이에 조금씩.
짚오라기 지푸라기.
밭은기침 병이나 버릇으로 소리도 크지 아니하고 힘도 그다지 들이지 않으며 자주 하는 기침.
월훈 달무리.

온종일 울렁이며
'내어 미는' 그네,
아니 사랑

서정주 「추천사—춘향의 말 1」

—

장석남 「배를 매며」

서 정 주

호는 미당. 1915년 전북 고창에서 태어났다. 중앙불교전문학교에서 수학했다. 1936년 동아일보 신춘문예에 시 「벽」을 발표하며 등단했다. 김광균, 김동리, 오장환 등과 함께 잡지 『시인부락』을 창간하여 동인지 활동을 했다. 시집으로 『화사집』 『귀촉도』 『서정주 시선』 『신라초』 『동천』 『질마재 신화』 『떠돌이의 시』 『서으로 가는 달처럼』 『학이 울고 간 날들의 시』 『안 잊히는 일들』 『노래』 『팔할이 바람』 『산시』 『미당 서정주 전집』 『늙은 떠돌이의 시』 등이 있다. 서라벌 예대와 동국대 교수 등을 역임했다. 2000년 작고했다.

장 석 남

1965년 인천에서 태어났다. 1987년 경향신문 신춘문예에 당선되어 등단했다. 시집으로 『새떼들에게로의 망명』 『지금은 간신히 아무도 그립지 않을 무렵』 『젖은 눈』 『왼쪽 가슴 아래께에 온 통증』 『미소는, 어디로 가시려는가』 『뺨의 도둑』 등이 있다. 한양여대 문예창작과 교수로 재직중이다.

어떤 작품은 다른 작품과의 관계 속에서 제대로 읽혀지기도 한다. 다른 작품을 끌어들여 재맥락화recontextualization하거나 재구성하는 경우가 그 대표적인 예이다. 이를 인용●, 인유引喩●, 패러디parody● 라고도 한다. 이럴 경우 끌어들인 다른 작품, 즉 원전●(원텍스트라고도 한다)에 대한 이해가 선행되어야 한다. 우리 현대시에서는 고전(작품)을 현대적 감수성으로 재해석한 작품들을 쉽게 찾아볼 수 있다. 동서고금을 막론하고 남녀 간의 사랑이야말로 만고불변하는 주제인바, 연애소설의 진수를 보여준 『춘향전』은 재맥락화의 빈도수가 높은 대표적인 우리 고전이다.

서정주(1915~2000) 시인도 『춘향전』을 재맥락화하여 여러 편의 시를 썼다. 그중 「추천사—춘향의 말 1」은, 고전적인 사랑의 메타포(여기서는 은유라는 말보다 메타포라는 말이 더 적절해 보인다!) '그네(추천)'에 초점을 맞춰 사랑에 빠지기 직전의 춘향의 마음을 형상화하고 있다. 무궁무진한 사랑의 메타포를 발견하는 일이란, 시 해석의 기본인 시의 메타포를 읽어내는 일과 다르지 않다.

인용 남의 말이나 글을 자신의 말이나 글 속에 끌어 씀.
인유 다른 예를 끌어다 비유함.
패러디 특정 작품의 소재나 작가의 문체를 흉내 내어 익살스럽게 표현하는 수법. 또는 그런 작품.
원전 기준이 되거나 끌어다 쓴 원래의 작품이나 구절.

메타포metaphor 문학에서 메타포는 흔히 은유법으로 번역된다. 특히 시에서 전달하고자 하는 의미나 나타내고자 하는 효과를 잘 드러내기 위해, 표현하려는 대상을 다른 대상에 빗대어 나타내는 표현법을 말한다.

향단香丹아 그넷줄을 밀어라
머언 바다로
배를 내어 밀듯이,
향단아

이 다소곳이 흔들리는 수양버들 나무와
베갯모에 뇌이듯한• 풀꽃더미로부터,
자잘한 나비새끼 꾀꼬리들로부터
아조 내어 밀듯이, 향단아

산호珊瑚도 섬도 없는 저 하늘로
나를 밀어올려다오.
채색彩色한 구름같이 나를 밀어올려다오
이 울렁이는 가슴을 밀어올려다오!
서西으로 가는 달 같이는
나는 아무래도 갈 수가 없다.

바람이 파도를 밀어올리듯이
그렇게 나를 밀어올려다오
향단아.

—서정주, 「추천사—춘향의 말 1」(『서정주 시선』 수록, 정음사, 1956)

뇌이듯한 놓이는 듯한.
추천 그네(놀이).

방년芳年● 16세의 성춘향과 이몽룡은 단옷날 처음 만난다. 광한루에 오른 이도령이 춘향의 추천(그네 타기) 모습을 보면서 『춘향전』은 시작되고 그들의 사랑도 시작된다. 그 추천 장면에 대한 묘사는 이렇다.

"'향단아 밀어라.' 한 번 굴러 힘을 주며, 두 번 굴러 힘을 주니 발 밑에 가는 티끌 바람 좇아 펄펄 (중략) 무산선녀 구름 타고 양대 위에 내리는 듯, 나뭇잎도 물어보고 꽃도 질끈 꺾어 머리에다 살근살근 '이 애 향단아, 그네 바람이 독해서 정신이 어질하다. 그넷줄 붙들어라.'"(열녀춘향수절가)

그러니까 이 시는 춘향이 추천을 하며 향단에게 건넸던 말 "향단아 밀어라"를 바탕으로 서정주 시인이 재구성한 추천사, 즉 '그네 타며 하는 말'인 셈이다.

또한 이 시는 '춘향의 말'이라는 부제가 붙은 다른 두 편과 연속적으로 읽어야 한다. 「다시 밝은 날에—춘향의 말 2」●는 이도령과 이별 이후의 기다림을, 「춘향유문—춘향의 말 3」●은 (옥에 갇혀) 죽음 앞에서 이도령과의 영원한 사랑을 다짐하는 시이다. 연작시

방년 20세 전후의 한창 젊은 꽃다운 나이.

● "신령님……// 그러나 그의 모습으로 어느날 당신이 내게 오셨을 때/ 나는 미친 회오리바람이 되었습니다/ 쏟아져 내리는 벼랑의 폭포/ 쏟아져내리는 소나기비가 되었습니다.// 그러나 신령님……// 바닷물이 적은 여울을 마시듯이/ 당신은 다시 그를 데려가고/ 그 훠-ㄴ한 내 마음에/ 마지막 타는 저녁노을을 두셨습니다"

● "안녕히 계세요/도련님// (중략) // 천 길 땅 밑을 검은 물로 흐르거나/ 도솔천(兜率天)의 하늘을 구름으로 날더라도/ 그건 결국 도련님 곁 아니예요?"

들을 놓고 볼 때 '춘향의 말 1'은 이도령과의 사랑을 갈망하는(사랑을 향해 치달리는) 춘향이의 울렁이는 마음을 노래하는 시로 읽혀야 한다.

아직 이도령을 만나기 직전이므로 방년의 막연한 갈망으로서의 울렁임일 것이고 막연하기에 더 울렁거렸을 것이다. 그러므로 이도령과 이별한 후 "재회를 소망하는 간절한 심정을 노래한 것"이라는 기존의 해석은 재고되어야 하며, "서역국* 혹은 서방정토*와 같은 불교적 의미의 이상 세계를 노래한 것"이라는 해석 또한 과도하다. 어쨌든 이 시는 춘향이 그네를 타는 『춘향전』의 서사 맥락을 염두에 두고 읽어야 한다. 따라서 춘향에게 있어 '그네를 내어 민다'는 것은 이도령을 향한 '사랑을 내어 민다'는 것에 다름 아니다.

사랑의 메타포, 그네

"널은 사랑의 버릇이라오"(김소월, 「널」)라는 구절도 있듯, 예로부터 그네(타기)나 널(뛰기)은 사랑에 대한 메타포로 사용되어왔다. 오르내림, 이쪽저쪽의 역학적* 운동이 사랑의 관계 및 그 움직임과 유사성을 갖기 때문이다. 그래서일까. 고대 그리스를 비롯해 우리나라에서도 봄이 되면 풍요로운 생산과 수확을 기원하는 의미

서역국 중국 서역 지방에 있던 여러 나라를 통틀어 이르는 말.
서방정토 서방 극락(서쪽으로 십만억의 국토를 지나면 있는 아미타불의 세계).
역학적 역학의 원리나 성질을 띠는. 또는 그런 것. 부분을 이루는 요소가 서로 의존적 관계를 가지고 서로 제약하는. 또는 그런 것.

에서 여자들이 그네를 타곤 했다.

그러나 그네는 매여 있다. 그네가 그넷줄에 매인 것처럼 춘향은 지금—여기의 현실에 매여 있다. 지금—여기는 2연의 화사한 비유들로 이루어진 세계이다. 다소곳이 흔들리는 수양버들 나무, 베갯모에 수놓인 풀꽃 더미들, 그리고 자잘한 나비새끼 꾀꼬리 등은 춘향을 비롯한 규방閨房•의 여성들이 꿈꾸던 여성의 일상 혹은 그 미덕을 나타내는 상징물이다. 그러나 춘향은 그것들로부터 멀리 벗어나고 싶어한다. 그네를 '아조 내어 밀듯이' 자잘한 규방의 일상을 내어 밀고 싶어한다!

춘향이 꿈꾸는 저기—너머의 세계는 바다이고 하늘이다. 바다도 '머언' 바다이고, 하늘도 '산호도 섬도 없는' 하늘이다. 춘향은 그곳으로 배를 내어 밀듯이, 파도를 밀어올리듯이, 그리고 구름같이 달같이 나아가고 싶어한다. 배, 파도, 구름, 달은 모두 매여 있지 않은 존재들이다. 바람 따라 움직이는 자유로운 존재들이다. 게다가 그것들은 자주 사랑의 메타포로 사용되는 시적 대상들이기도 하다. 춘향이가 꿈꾸는 사랑에의 열망을 상징적으로 암시한다.

규방 부녀자가 거처하는 방.

사랑, 그 통과제의通過祭儀, initiation•의 울렁임

이쪽과 저쪽을 오가는, 위와 아래를 오르내리는 그네에 의지해 춘향은 일상적 현실과 지향적 이상을 오락가락한다. 춘향의 '울렁이는 가슴'은 그 오락가락함에서 온다. 여성화된 현실 공간인 2연의 지금-여기를 벗어나, 3연의 자유로운 저기-너머를 향한 갈망에서 비롯되는 울렁임이다. 무엇보다도 일상적인 미덕과 규범들에 얽매이기를 거부하는 춘향의 내면에서 일렁이는 질풍노도•와도 같은 열정 혹은 자유의지에서 비롯되는 울렁임이다.

방년 16세! 그 이름만으로도 줄줄이 딸려오는 이팔청춘•들의 낭만과 열정과 동경과 모험, 그리고 거기서 비롯되는 설렘과 초조와 흥분과 기대 등이 바로 그 울렁임의 실체일 것이다. 춘향이 정식의 혼례 절차나 결혼이라는 제도에 얽매이지 않은 채, 이도령과의 기약 없는 사랑을 '선택'하고 그 사랑에 자신의 '삶 전부'를 걸 수 있었던 정열의 근원이기도 할 것이다.

그러므로 춘향의 그네는 현실에서 꿈으로, 소녀에서 여인으로, 육체에서 정신으로, 지상에서 천상으로 밀어올려진다. 춘향의 울렁이는 가슴은 산호珊瑚도 섬도 없는 저 하늘로, 채색彩色한 구름같이 밀어올려진다. 그런 의미에서 여성으로서의 현실적 제약을 넘

통과제의 원시사회에서 일정한 연령에 도달한 소년 혹은 소녀에게 그 사회의 일원으로서 필요한 규범·가치·부족部族의 역사·생활에 필요한 기술과 지식 등을 가르치고 성인成人이 됨을 축하하기 위해 행해지던 의식儀式. 보통 성년식成年式이라고 한다.
질풍노도 몹시 빠르게 부는 바람과 무섭게 소용돌이치는 물결.
이팔청춘 16세 무렵의 꽃다운 청춘. 또는 혈기 왕성한 젊은 시절.

어서고자 한, 방년의 사랑과 자유를 노래한 통과제의적인 시이기도 하다.

그러나 여전히 춘향의 그네 역시 묶여 있을 뿐 아니라 향단의 힘에 의해 밀어올려지고 있다. 춘향 스스로가 "서으로 가는 달"처럼 자유롭고 또 초월적인 자세로는 살 수 없는 현실적 한계를 자각하고 있기에 '밀어올려'달라는 것이다. 지금—여기에서 저기—너머를 향해 경계와도 같은 그 한계를 넘어가려는 춘향의 의지적 열정에 이 시의 묘미가 있다. 그 절박함과 단호함이 '향단아'라는 호격과, '밀어라'라는 명령과, '밀어올려다오'라는 청유●를 통해 점진적으로 반복되고 있다. 여기에 길고 짧은 행 혹은 연의 변주가 더해져, 그네의 역동성은 물론 춘향의 울렁임과 의지를 강화시키면서 그네처럼 낭창●대는 시의 가락을 이룬다.

그리고 여기,
스스로를 매어묶는 사랑

"머언 바다로/ 배를 내어 밀듯이" 밀어올려지는 춘향의 그네는, 장석남(1965~) 시인의 시에서는 '배를 미는' 행위로 변주된다. "가을 바닷물 위에/ 배를 밀어넣는/ 온몸이 아주 추락하지 않을 순간

청유 듣는 사람(상대방)에게 권유하거나 요청하는 말(문장).
낭창 '낭창거리다(가늘고 긴 막대기나 줄 따위가 탄력 있게 자꾸 흔들리다)'의 어근.

의 한 허공에서/ 밀던 힘을 한껏 더해 밀어주고는/ 아슬아슬히 배에서 떨어진 손, 순간 환해진 손을/ 허공으로부터 거둔다// 사랑은 참 부드럽게도 떠나지/ 뵈지도 않는 길을 부드럽게도"(「배를 밀다」). 춘향의 그네를 밀었던 '향단의 말'이 이러했을지 모를 일이다.

'저기—너머'로 그네를 '내어 미는' 행위와 반대로, 배를 '매는' 행위에서 사랑의 울렁임을 다스리는 장석남 시인의 또다른 시가 있다. 배를 끈이나 줄로 맸을 때 그 배는 그넷줄에 묶인 '그네'와 다르지 않다. 등뒤로 털썩 날아오는 밧줄을 잡아다 배를 매는 일, 배가 들어와서 어찌할 수 없이 던져지는 밧줄을 받아 배를 매게 되는 일, 시인은 그것이 사랑의 일이라고 한다. 그러기에 그 배는 바다의 배이기도 하고 사람의 배이기도 할 것이다.

배를 밀든 배를 매든, 빛이든 구름이든 시간이든 그 위에 온종일 울렁이며 떠 있는 배를 떠올려본다. 청춘들의 마음속에 그렇게 울렁이며 떠 있을 그런 사랑을 떠올려본다.

> 아무 소리도 없이 말도 없이
>
> 등뒤로 털썩
>
> 밧줄이 날아와 나는
>
> 뛰어가 밧줄을 잡아다 배를 맨다

아주 천천히 그리고 조용히
배는 멀리서부터 닿는다

사랑은,
호젓한● 부둣가에 앉아 우연히,
별 그럴 일도 없으면서 넋놓고 앉았다가
배가 들어와
던져지는 밧줄을 받는 것
그래서 어찌 할 수 없이
배를 매게 되는 것

잔잔한 바닷물 위에
구름과 빛과 시간과 함께
떠 있는 배

배를 매면 구름과 빛과 시간이 함께
매어진다는 것도 처음 알았다
사랑이란 그런 것을 처음 아는 것

빛 가운데 배는 울렁이며
온종일을 떠 있다

—장석남, 「배를 매며」(『왼쪽 가슴 아래께에 온 통증』 수록, 창비, 2001)

호젓한 외따로 떨어져 있어 고요한, 홀가분하여 쓸쓸하고 외로운.

2

시의 형이상학적 깊이와 힘

하늘과 바람과 별과 시,
그리고
바람 다시 읽기

윤동주 「서시」

—

마종기 「바람의 말」

윤 동 주

1917년 북간도에서 태어났다. 연희전문학교를 졸업했다. 1939년 『소년少年』에 시를 발표하며 문단에 데뷔했다. 일본 도시샤 대학 영문학과에 유학하던 중 항일운동을 했다는 혐의로 일본 경찰에 체포되어 후쿠오카 형무소에 투옥, 백여 편의 시를 남기고 1945년 27세의 나이에 고문 후유증으로 요절했다. 유고시집으로 『하늘과 바람과 별과 시』가 있다.

마 종 기

1939년 일본 도쿄에서 태어났다. 연세대 의대, 서울대 대학원을 마치고 1966년 도미, 미국 오하이오 주 톨레도에서 방사선과 의사로 근무했다. 1959년 『현대문학』 추천으로 등단했다. 시집으로 『조용한 개선』 『두번째 겨울』 『평균율』 『변경의 꽃』 『안 보이는 사랑의 나라』 『모여서 사는 것이 어디 갈대들뿐이랴』 『그 나라 하늘빛』 『이슬의 눈』 『새들의 꿈에서는 나무 냄새가 난다』 『우리는 서로 부르고 있는 것일까』 『하늘의 맨살』 등이 있다.

::

시는 비유의 언어다. 비유란 '무엇(표현하고자 하는 것)'을 다른 '무엇(표현하고자 하는 것을 다른 형태로 비유하는 것)'으로 빗대어 말하는 것이다. 표현하고자 하는 원래의 그 '무엇'을 원관념tenor이라 하고, 비유되는 다른 '무엇'을 보조관념vehicle이라고 한다. 원관념, 보조관념 모두 구체적인 대상(상황)이나 추상적인 관념이 될 수 있다. 그러니까 모든 비유는 원관념과 보조관념으로 이루어지며, 원관념과 보조관념의 관계에 따라 은유(직유), 환유(제유), 알레고리, 상징 등으로 나뉜다. 그러나 뭐니뭐니해도 비유의 꽃은 은유이다.

'유사성(차이성도 포함)'에 의해 '~이다'나 '~의'를 활용해 원관념과 보조관념을 암시적으로 연결시킬 때 은유라 하고, '같이' '처럼' '듯이' 등을 활용해 원관념과 보조관념을 직접적으로 연결시킬 때 직유라 한다. '사랑'(원관념)을 '호수'(보조관념)에 비유하자면, "사랑은 호수", "사랑의 호수"는 은유적 표현이고 "호수 같은 사랑"은 직유적 표현이다.

또한 원관념과 보조관념이 '인접성•' 즉 대상의 속성이나 그와 밀접하게 관련된 특징에 의해 결합될 때 환유라 하고, 특히 '인접성'에 의해 보조관념이 원관념의 부분으로 비유될 때 제유라 한다. 역시 원관념으로 사랑을 비유할 때 사랑과 인접한 특성 중 '달콤한 사탕'을 유추해서 "사탕에 빠졌어"라고 한다면 환유적 표현이고, 사랑하는 몸의 일부분인 '눈'에 초점을 맞춰 "눈에 빠졌어"라고 한다면 제유적 표현이다.

또한 원관념이 숨겨진 채 원관념과 보조관념이 1:1의 관계를 이루어 원관념이 하나의 의미로 선명하게 해석될 때 알레고리•(풍유•, 우화, 우유)라 하고, 역시 원관념이 숨겨졌으나 여럿多:1의 관계로 원관념이 다양한 의미로(다의적으로) 해석될 때 상징이라 한다. 예수님의 사랑을 "갈릴리 호수"라 비유한다면 (종교적인) 알레고리적 표현이고, 기적, 사랑, 고난, 희망 등의 의미로 "사막호수"라 비유한다면 상징적 표현이다. 특히 알레고리는 교훈적·풍자적·정치적·종교적 속성이 강하고, 상징의 경우 원관념이 여럿이라는 점에는 확장된 은유라고도 한다.

그러나 한 편의 시 속에 등장한 하나의 비유는 시의 문맥 속에서 어떻게 해석되느냐에 따라 은유와 환유, 은유와 알레고리와 상징 사이를 오가며 그 경계를 넘나들기도 한다. 윤동주(1917~1945) 시

인접성 이웃하여 있음. 또는 옆에 닿아 있음.

알레고리 어떤 한 주제 A를 말하기 위하여 다른 주제 B를 사용하여 그 유사성을 적절히 암시하면서 주제를 나타내는 수사법. 은유법과 유사한 표현 기교라고 할 수 있는데 은유법이 하나의 단어나 하나의 문장과 같은 작은 단위에서 구사되는 표현 기교인 반면, 알레고리는 이야기 전체가 하나의 총체적인 은유법으로 관철되는 경우가 많다.

풍유 본뜻은 숨기고 비유하는 말만으로 숨겨진 뜻을 풍자적으로 암시하는 수사법. 비유법의 하나로, 속담이나 격언 따위가 여기에 속한다.

인의 「서시」에 나타난 비유들이 그렇다.

> 죽는 날까지 하늘을 우러러
> 한 점 부끄럼이 없기를,
> 잎새에 이는 바람에도
> 나는 괴로워했다.
> 별을 노래하는 마음으로
> 모든 죽어가는 것을 사랑해야지
> 그리고 나한테 주어진 길을
> 걸어가야겠다.
>
> 오늘 밤에도 별이 바람에 스치운다.
>
> —윤동주, 「서시-하늘과 바람과 별과 시」
> (『하늘과 바람과 별과 시』 수록, 정음사, 1948)

"윤동주 「서시」 문제인데요, 짜증남―"이라는 제목으로 「서시」에 관한 다음과 같은 문제가 인터넷 검색 사이트에 올라와 있었다.

(문제) 화자 자신의 양심이자 세상에 마땅히 있어야 할 정의를 형상화한 시어는?

① 잎새 ② 바람 ③ 하늘 ④ 별 ⑤ 길

문제를 올린 학생의 하소연인즉슨 이랬다. "선생님은 계속 (답이) '하늘'이라고 하네요. 솔직히 이거 '별' 아닌가요? 선생님을 설득할 만한, '별'이 정답인 근거 좀요ㅠㅠ". 댓글 또한 줄줄이 이어져 있었다.

(댓글1) **"별을 노래하는 마음으로/ 모든 죽어가는 것을 사랑해야지"에서 '별'을 노래하는 마음이니 화자 자신의 순수한 양심이라고 볼 수 있습니다. 모든 죽어가는 것을 사랑하는 것도 양심의 선택이기 때문입니다. "오늘 밤에도 별이 바람에 스치운다"에서 세상에 마땅히 있어야 할 정의(소중한 존재, 숭고한 이념)가 오늘 밤에 바람에 의해 괴로움을 당하고 있습니다. 두 구절을 종합해보면, 답은 '별'이 되어야 하는데……**

(댓글2) **별일 수도 있고, 하늘일 수도 있고, 길일 수도 있습니다. 하늘을 답으로 생**

각하는 관점에서 보면 하늘의 의미는 거짓 없음, 진실, 깨끗함, 양심에 꺼릴● 것 없음을 상징하는 언어이기 때문입니다. 또 별을 답으로 생각하는 관점에서 보면 별이 가지는 순수, 밤을 빛나게 하는 깨끗함 등을 상징하기 때문이고, 길을 답으로 생각하는 관점에서 보면 길은 도의, 도덕적 양심, 의지 등을 상징하는 언어이기 때문입니다.

위의 문제는 양심과 정의라는 원관념을 먼저 제시한 후 보조관념이 무엇인가를 묻고 있다. 문제에 대한 정답은 '하늘'이 가장 적절하다. "죽는 날까지 하늘을 우러러/ 한 점 부끄럼이 없기를"이라는 구절에 따르면, 화자는 푸르고 높은 '하늘'을 우러르며 그 '하늘'에 자신의 삶을 비추어본다. 정의로 우러러 받들고 양심에 비추어 보기에는 아무래도 하늘이 제격이다. 특히 문제는 원관념을 정의와 양심, 그러니까 두 개 이상으로 제시하고 있어 '하늘'을 은유가 아닌 상징으로 보고 있는 듯하다.

그러나 댓글의 주장('댓글1'은 논리적 비약이 엿보이지만 '댓글2'는 설득력 있는 글이다)들처럼 '별'이나 '길'이 적절하지 않은 것은 아니다. 단지 '가장' 적절한 답이 아닐 뿐이다. 질문한 학생도 하늘에서 반짝반짝 빛나는 별이야말로 정의와 양심의 표상이라고 생각한 듯하다. 사실 일반적인 의미로 보자면, '하늘'과 '별', '시'와 '길', '바람', 이 모두가 관점에 따라 '화자 자신의 양심이자 세상에

꺼릴 사물이나 일 따위가 자신에게 해가 될까 하여 피하거나 싫어하다. 개운치 않거나 언짢은 데가 있어 마음에 걸리다.

마땅히 있어야 할 정의'를 간접적으로 형상화하는 시어들이다. 이 시의 부제 '하늘과 바람과 별과 시'에 주목해볼 때 더욱 그렇다.

'하늘'과 '별'이 외부에 이상적으로 존재하는 정의와 양심이라면, '시'와 '길'은 화자 스스로가 삶 속에서 구현해야 하는 내적 존재로서의 정의와 양심이다. 이에 비해 '바람'은 이상과 삶 사이에 존재하는 매개적 존재로서의 정의와 양심이다. 그러나 시 안에서 문맥에 의해, 정도에 의해 살펴야 한다는 게 문제풀이의 핵심이다. '가장' 가까운 특성은 그러므로 '하늘'이다.

진정한 자아를 만나게 해주는 '바람'

특히 '바람'에 대해 주목해보자. 많은 참고서에서 '바람'은 현실적 고난과 시련, 일제강점기와 연관된 시대적 폭력, 또는 시적 자아의 이상 실현을 방해하는 부정적 의미로 해석되곤 한다. '댓글1'에서처럼 마지막 연의 경우 '밤' 한가운데서 '별'이, '바람'에 의해 고통 받고 있는 것으로 해석된다. 그러나, 앞서 언급한 대로 '바람' 또한 '화자의 윤리적 양심과 도덕적 정의'를 발현시키는 객관적 상관물로도 볼 수 있다. 윤동주 시인의 다른 시들에 나타난 '바람'을 참조해보면 더욱 그러하다.

① 우물 속에는 달이 있고 구름이 흐르고 하늘이 펼치고 파아란 바람이 불고 가을이 있고 추억처럼 사나이가 있습니다(「자화상」)

② 어둔 방은 우주로 통하고/ 하늘에선가 소리처럼 바람이 불어온다(「또다른 고향」)

③ 바람이 어디로부터 불어와/ 어디로 불려가는 것일까,// 바람이 부는데/ 내 괴로움에는 이유가 없다(「바람이 불어」)

④ 슬프지도 않은 살구나무가지에는 바람조차 없다(「병원」)

①의 '파아란 바람'은 '달'과 '구름'과 '하늘'과 동격을 이루고, ②의 '바람'은 (창)문을 경계로 안과 밖, 방과 우주를 소통시키는 매개물이다. ③의 '바람'은 실존적 괴로움을 각성시키고, ④의 '바람'은 생명 혹은 생기를 불러일으키는 객관적 상관물로 그려진다. 이러한 바람은 모두 시인으로 하여금 자기응시의 계기를 마련해주고 진정한 내면의 자아를 깨닫게 해주는 존재들이다. 뿐만 아니라 부끄럽고 괴로운 자기반성을 불러일으키는 존재들이기도 하다.

다시 돌아와 「서시」• 의 '바람'을 보자. 그 바람은 큰 바람이 아니다. 나무나 줄기에 붙어 있는 작은 잎새에게 세상의 소식을 전해주듯 흔들고 간다. 바람이 없다면 '잎새'는 흔들리지 않을 것이고, 잎

• 「서시」는 스물넷의 윤동주 시인이 시집을 발간하기 위해 자필로 쓴 18편을 선별해 '하늘과 바람과 별과 시'라고 시집 제목을 붙인 후 시집 맨 앞에 서문 형식으로 쓴 시이다. 시 제목이 '서시序詩'이고 부제가 시집 제목과 일치하는 까닭이다. 하늘과 바람과 별과 시는 윤동주 시에 빈번히 자주 핵심적인 비유들로서, 그것들이 시인이 지향하는 원관념에 상응하는 동일한 계열의 보조관념들임을 강력히 암시하는 증거이다.

새가 흔들리지 않으면 '바람'이 이는지도 알지 못할 것이다. 그러므로 이때의 잎새와 바람은 서로에게 살아 있음의 동력이기도 할 것이다. 같은 맥락에서 마지막 연의 "별이 바람에 스치운다" 또한 별빛을 더욱 반짝이게 하는 동력으로 볼 수 있을 것이다.

윤동주 시인에게 "나한테 주어진 길"이란 시詩의 길을 의미한다. 하늘(정의, 양심)과 바람(생명, 소통)과 별(순수, 이상)을 노래하는 시(반성, 존재양식)를 쓰겠다는 것이다. 단지 하늘과 바람과 별과 시에 해당하는 각각의 괄호 속에서 하나의 원관념을 찾는다면 은유적 해석이며, 그것들을 동일한 비유체계로 보고 모든 괄호 속의 모든 의미들을 원관념으로 삼는다면 상징적 해석이다. 또한 일제 강점기라는 시대상황이나 기독교라는 종교적 입장, 혹은 당대의 계몽적이고 교훈적인 입장에서 하나의 원관념으로 찾는다면 알레고리적 해석이다.

부끄러움의 시학

『맹자孟子』의 「진심편盡心篇」을 보면, 군자의 세 가지 즐거움君子有三樂, 군자유삼락 중 두번째 즐거움을 "우러러 하늘에 부끄럽지 않고 굽어 보아도 사람들에게 부끄럽지 않는 것"仰不愧於天 俯不怍於人, 앙불괴어천 부부작

이인으로 꼽고 있다. '한 점 부끄러움이 없'는 군자와도 같은 삶을 살고자 했기에, 식민지 지식인이자 청년 시인 윤동주는 그토록 괴로워했던 것이다. 그는 잎새에 이는 미세한 바람에도 괴로워하는 섬세한 영혼의 소유자였던 것이다.

하늘과 바람과 별은 모두 '허공 위에' 그리고 '멀리' 있는 것들이다. 높고 멀리 있는 것들은, 낮고 가까이 있는 것들에 급급한 우리 스스로를 부끄럽게 한다. 백석 시인의 시 구절 "외롭고 높고 쓸쓸한"을 인용하지 않더라도 하늘과 바람과 별은, 시인을 시인이도록 하고 세상의 좌표 역할을 하는 자연 그 자체로 아름다운 존재들이다.● 하늘이 윤리적 부끄러움을 일깨운다면 바람은 실존적 괴로움을 일깨운다. 그러므로 부끄러움과 괴로움은 한 몸을 이루는 동전의 양면과도 같다.

이렇듯 시인으로 하여금 늘 깨어 있게 해주는 바람은, 더 높고 고귀한 '별'에 대한 지향성을 지닌 채 '나한테 주어진 길'을 걸어갈 수 있도록 지속적인 힘을 제공해준다. 그러므로 "오늘 밤에도 별이 바람에 스치운다"는 구절을, 밤하늘 별빛을 더욱 찬란히 빛나게 하는 정신적 각성과 영혼의 울림을 노래한 구절이라고 읽으면 왜 안 될 것인가. 그 각성과 울림이 바람으로부터 시작된다고 하면 왜 안 될 것인가.

● 부제이자 시집 제목과 관련하여 시인이 어릴 적 불리던 이름도 주목해볼 부분이다. 시인의 아버지는 아들의 아명에 '해', '달', '별'을 차례로 붙였는데, 윤동주 시인은 해환海煥, 그의 아우인 일주는 달환達煥, 그 아래 갓난애 때 죽은 아우는 별환이라 지어주었다 한다. '하늘과 바람과 별과 시'는 이런 맥락에서도 시인에게 윤리적 양심과 도덕적 각성을 불러일으키는 자아의 긍정적 매개물임이 설득력을 얻는다.

그리고 여기,
바람이 전해주는 영혼의 말

'바람' 하면 마종기(1939~) 시인의 「바람의 말」이 떠오른다. 오랜 기간을 외국에서 생활하고 있는 시인의 삶도 바람 같지만, 그의 시에서도 바람은 자주 반복된다. 한 시인에게 특정한 시어가 자주 반복될 경우 은유에서 상징으로 나아갈 가능성이 짙다. 마종기의 '바람'이 그러하고, 윤동주의 '십자가'가 그러하고, 김춘수의 '바다'가 그러하고, 김수영의 '풀'이 그러하다. 어쨌든 「바람의 말」에서 바람은 지금은 멀리 있는, 사랑했던 누군가의 영혼에게 건네는 말이다. 그 말에는 사랑과 이별, 기쁨과 슬픔, 기억과 꿈의 흔적 들이 담겨 있다.

"그대 알았던/ 땅 그림자 한 모서리"에 심는 '꽃나무'는 부재하는 '그대'의 시적 상관물이다. 그대를 향한 간절한 그리움 혹은 기억의 표상이다. 그 꽃나무에 괴로움은 없다. 꽃잎이 되어서 다 날아가버렸기 때문이다. 또 언젠가는 그 꽃나무조차 날아가버리고, "참을 수 없게 아득하고 헛된 일"이 되기도 할 것이다. 서로 떨어져 있어도 사랑의 괴로움, 사랑의 피로까지를 걱정하는 그렇게 따뜻한 바람의 말이라면 '가끔'이 아니라 매일매일 바람 부는 쪽으로 귀 기울이고 싶을 것이다. "착한 당신, 피곤해져도 잊지 마"라는,

"아득하게 멀리서 오는 바람의 말"을 들을 수 있을 테니까.

우리가 모두 떠난 뒤
내 영혼이 당신 옆을 스치면
설마라도 봄 나뭇가지 흔드는
바람이라고 생각지는 마.

나 오늘 그대 알았던
땅 그림자 한 모서리에
꽃나무 하나 심어놓으려니
그 나무 자라서 꽃 피우면
우리가 알아서 얻은 모든 괴로움이
꽃잎 되어서 날아가 버릴 거야.

꽃잎 되어서 날아가버린다.
참을 수 없게 아득하고 헛된 일이지만
어쩌면 세상 모든 일을
지척•의 자로만 재고 살 건가.
가끔 바람 부는 쪽으로 귀 기울이면
착한 당신, 피곤해져도 잊지 마,
아득하게 멀리서 오는 바람의 말을.

—마종기, 「바람의 말」(『안 보이는 사랑의 나라』 수록, 문학과지성사, 1980)

지척 아주 가까운 거리.

'까마득한' 날에 부르는 '아득한' 노래

이육사 「광야」

—

고은 「눈길」

이 육 사

본명 이원록. 1904년 경북 안동에서 태어났다. 한학을 공부하다 도산공립보통학교에서 신학문을 배웠다. 1933년 『신조선』에 시를 발표하며 등단했다. 형제들과 함께 독립운동 단체인 '의열단'에 가입한 뒤 조선은행 대구지점 폭파 사건에 연루된 혐의로 투옥되기도 했다. 이때 대구형무소에 수감되어 받은 수인 번호 '264'의 음을 딴 '육사'는 그의 호가 되었다. 1944년 베이징의 감옥에서 순국했다. 유고시집으로 『육사시집』이 있다.

고 은

본명 고은태. 1933년 전북 군산에서 태어났다. 1952년 입산하여 일초라는 법명을 받고 불교 승려가 되었다가 1960년 환속했다. 1958년 『현대문학』에 「폐결핵」을 발표하며 등단했다. 시집으로 『피안감성』 『해변의 운문집』 『문의 마을에 가서』 『조국의 별』 『내일의 노래』 『남과 북』 『두고 온 시』 『허공』 『내 변방은 어디 갔나』 『상화시편』, 서사시집 『백두산』, 연작시집 『만인보』 등이 있다. 서울대 초빙교수 및 단국대 석좌교수로 있다.

"그 말들은 문법적으로는 완벽하다. 하지만 시적으로는 완벽하지 않다. 그 단어들은 잔잔히 흘러가는 시의 아름다움을 거스르고 있다. 그래서 내 생각에는 이 단어들을 바꾸었으면 한다. (중략) 물론 문법적으로는 그 말들이 맞지만 시인들은 자유를 갖고 있다. 그들은 문법보다 시적 자유를 더 높은 가치에 둔다. 그래서 때때로 시인들에게는 문법이 걸림돌이 되기도 한다". 영어로 번역된 타고르*의 시를 보고 예이츠*가 했다는 말이다. 예이츠가 지적한 '그 말들'은 놀랍게도 번역자의 제안으로 문법에 맞게 새로 삽입된 단어들이었다.

시인의 가슴에서 터져나온 말들은 문법적으로는 완전하지 않지만 시적으로는 완전할 때가 많다. 그러기에 시는 문법을 초월한다고 하지 않던가. 시어를 아름답게 표현하기 위해 맞춤법이나 띄어쓰기 등 어법에 맞지 않게 쓰는 '시적 허용'이 그 대표적인 경우에 해당한다. 그러나 그 초월이 문법에 미치지 못하는 문법적 미달이 아니라 문법을 넘어서는 문법적 초과여야 함은 물론이다. 문법을 벗어난 시 구절이 시적 의미를 풍요롭게 생산할 수 있어야 한다는

타고르 인도의 시인·사상가. 시집 『기탄잘리Gitānjali』로 1913년 노벨문학상을 받았다. 인도의 근대화를 촉진하고 동서 문화를 융합하는 데 힘썼다.
예이츠 영국 아일랜드의 극작가·시인. 1923년에 노벨문학상을 받았다. 시집으로 『탑塔』『나선 계단』 등이 있다.

말이다. 문법을 벗어나 시의 애매성을 획득한 김소월의 시편들이나 시의 난해성을 성취해낸 이상과 김수영의 시편들이 그 대표적인 경우이다. 그리고 여기 이육사(1904~1944) 시인의 「광야」가 있다.

까마득한 날에
하늘이 처음 열리고
어디 닭 우는 소리 들렸으랴

모든 산맥들이
바다를 연모• 해 휘달릴 때도
차마 이곳을 범하진• 못하였으리라

끊임없는 광음光陰•을
부지런한 계절이 피어선 지고
큰 강물이 비로소 길을 열었다

지금 눈 내리고
매화 향기 홀로 아득하니
내 여기 가난한 노래의 씨를 뿌려라

다시 천고千古•의 뒤에

연모 이성을 사랑하여 간절히 그리워함.
범하다 어기다, 넘어 들어가다, 저지르다, 해치거나 떨어뜨리다, 빼앗다.
광음 햇빛과 그늘, 즉 낮과 밤이라는 뜻으로, 시간이나 세월을 이르는 말.
천고 아주 먼 옛적, 아주 오랜 세월 동안.
초인 보통 사람으로는 생각할 수 없을 만큼 뛰어난 능력을 가진 사람.
광야 텅 비고 아득히 넓은 들.

> 백마 타고 오는 초인•이 있어
>
> 이 광야•에서 목 놓아 부르게 하리라
>
> — 이육사, 「광야」(『육사 시집』 수록, 서울출판사, 1946)

'264', '이 대륙의 역사', 그리고 이육사의 광야

시인 이육사의 이름 앞에는 많은 수식들이 붙는다. 지사志士•, 독립투사, 혁명가, 아나키스트•, 테러리스트•, 의열단• 단원 등이 그것이다. 본명은 이원록. 1928년 조선은행 대구지점 폭파 계획을 세웠으나 실행 직전에 발각되어 수감되었다. 이때의 수인번호가 264(혹은 64)였는데 이 수인번호에 '대륙의 역사'라는 뜻을 더해 '육사陸史'로 바꾸었다고 한다. 그가 어떤 항일운동을 했는지 자세히 알 수는 없다. 단지 17회에 걸쳐 감옥을 들락거리며 심한 고문을 받았다는 것, 만주·북경 등지를 부단히 왕래했다는 것, 북경 감옥에서 40세의 나이로 옥사했다는 것 정도를 기록에 의해 확인할 수 있을 뿐이다.

시인의 삶이 시 해석에 지대한 영향을 미치는 경우가 있다. 시인의 삶과 시가 일치하는 이육사의 시가 그렇다. 독립운동가로서의

지사 나라와 민족을 위하여 제 몸을 바쳐 일하려는 뜻을 가진 사람.
아나키스트 무정부주의자(모든 제도화된 정치조직·권력·사회적 권위를 부정하는 사상 및 운동)를 믿거나 주장하는 사람.
테러리스트 정치적인 목적을 위하여 계획적으로 폭력을 쓰는 사람.
의열단 1919년 11월 만주 지린성에서 조직된 항일 무력독립운동 단체.

투철한 저항정신과 시인으로서의 섬세한 서정성은, 40여 편의 작품들을 통해 언어의 함축성과 상징적 수법, 광활한 원시성과 남성적 상상력으로 발현되고 있다.

고은 시인은 「광야」를 처음 읽었을 때의 벅찬 감동을 이렇게 고백한 적이 있다.

"내가 처음으로 만난 시는 「광야」이고 시인은 이육사이다. 해방 2년 뒤의 중학교 1학년 교과서에서 처음으로 그것을 만난 것이다. 그 시에는 내가 아직 체험할 수 없었던 공간으로서의 '광야'가 있었다. 거기에는 내가 상상한 적 없던 '천고千古'라는 무한한 시간이 있었다. 내 어린 가슴은 이 공간과 이 시간의 크기에 의해서 찢어질 듯한 감동으로 차 있었다".•

'까마득한 날'이나 '천고'라는 무한한 시간, '광야'라는 광활한 공간, 그리고 백마를 타고 달려오는 '초인'이라는 위대한 인간을 통해 시간·공간·인간의 원형을 발견했다는 것이다. 다른 말로 표현하자면, 고은 시인이 이육사의 「광야」에서 발견한 것은 역사·자연·이상이었다.

• 고은, 『오늘도 걷는다』, 신원문화사, 2009, 99~100쪽.

문법을 초과하는 시적 의미

웅장한 스케일이나 낭독하기 좋은 화법과 달리, 시의 의미를 찬찬히 헤아리며 읽다보면 「광야」에는 애매한 부분이 많다. 첫째, "어디 닭 우는 소리 들렸으랴"에서 닭 울음소리가 들렸다는 의미인지 안 들렸다는 의미인지. 둘째, "백마 타고 오는 초인이 있어"에서 초인이 있을 거라는 의미인지 초인이 있기 때문이라는 의미인지. 셋째, 5연 전체에서 초인은 왜 천고의 뒤에야 오는 것인지 천고는 얼마 동안의 시간인지. 넷째, "이 광야에서 목 놓아 부르게 하리라"에서 목 놓아 부르는 주체가 초인인지 나인지, 목 놓아 부르는 대상이 초인인지 노래인지 애매하다.

1연부터 보자. 1연은 시간이 강조된다. '개벽'은 세상이 처음 열리거나 뒤집혀 새로운 시대가 열리는 것을 뜻한다. 「광야」는 개벽이라는 시원始原•의 시간으로부터 시작한다. 하늘이 처음 열린 이후에 산과 바다 그리고 생명 있는 것들이 생겼을 것이라는 이 시의 전개 과정에서 보더라도, 하늘이 처음 열렸는데 어찌 닭 우는 소리가 들렸겠는가라는 닭 우는 소리에 대한 부정을 나타낸다. 닭 울음소리조차도 없는 시원의 공간성을 강조하는 부정의 되물음 형식이다.

그러나 개벽하는 시간으로는 빛을 잉태하는 새벽이 어울리고,

시원 사물, 현상 따위가 시작되는 처음.

새벽은 닭 울음소리와 함께 시작될 때 더욱 어울린다. 이런 관점에서 보자면 "어디 닭 우는 소리 들렸으랴"는 하늘이 처음 열렸으니 어디에선가 닭 우는 소리가 들렸을 것이라는 짐작 혹은 추정의 의미로 해석될 수도 있다. 닭 울음소리조차 들리지 않았다는 해석과 비교해볼 때 단순하고 소박하다.

2연과 3연에서는 공간이 강조된다. 하늘이 열렸으니 이제 땅이 열릴 차례다. 땅이 열리는 장면을 "산맥들이 바다를 연모해서 휘달린다"고 표현한다! 사랑에 빠진 남자가 사랑하는 여자를 향해 달려가듯, 그렇게 한달음에, 산은 바다를 향해 산맥을 이루며 달려갔을 것이다. 산맥은, 넓고 아득한 들판인 광야를 피해 휘달려간 것이다. 천지개벽의 혼란 속에서도 이 광야는 그렇게 신성한 보호를 받는 공간이었을 것이다. 그리고 셀 수 없이 많은 빛과 어둠이 피어나는 오랜 시간 동안, 그 광야에 물이 모여 큰 강물을 이루고 바다로 나아가는 길을 열었을 것이다. 참으로 장엄하고 역동적인 묘사이다.

4연에서는 그런 광야에 서 있는 인간으로서의 '나'를 그리고 있다. 지금 이 광야는 눈이 내리는 인동忍冬의 계절이다. 눈 속에서도 매화가 피어 향기를 내뿜고 있듯 '나' 또한 이 춥고 얼어붙은 광야에 가난한 노래의 씨를 뿌리겠다고 한다. '홀로 아득하니'는 광야에 선 단독자의 고독과 고결한 의지가 돋보이는 구절이다. 그러므로 이 광야에서 부르는 '가난한 노래의 씨'는, '다시 천고의 뒤'라는 아득한 미래를 지칭하는 '오래된 미래'를 위한 것일 게다.

또한 신에 가까운 인간으로서의 '초인'이 등장한다. 이 초인은 이상적인 인간이다. '백마'를 타고 온다는 점에서 낭만적이기까지 하다. 그러한 초인이 미래에 있을 것이기 '때문에' 그를 위하여 지금—여기의 '나'는 가난한 노래의 씨를 뿌리겠다는 것이다. 4연의 '뿌려라'가 주어 '나(내)'에게 향해 있듯, 5연의 '부르게 하리라' 역시 생략된 '나'를 향해 있다고 보는 것이 자연스럽다. 즉 '내'가 지금—여기의 광야에서 미래의 초인을 기다리며 가난한 노래를 목놓아 부르는 것으로 읽는 것이 문맥상 더 자연스럽다.

'지금'—'여기'의 '나'

해석이 애매한 부분이 많은데도 이 시가 이토록 많은 사랑을 받는 이유는 무엇일까? 시인의 가슴에서 터져나오는 시적인 뜨거움 때문일 것이다. '광야'라는 시공간의 웅장한 스케일과 역동성, 그리고 화자인 '나'의 굳건한 의지는 가슴에서 터져나오는 시적 열정 때문이며, 그러한 에너지가 문법을 넘어서서 시의 의미를 풍요롭게 하고 시에 생명을 부여하고 있다. 무엇보다 이 '광야'가 추상적인 공간이 아니라 지금—여기의 한반도 땅이기에 시인의 가슴이 더 뜨거웠던 것이리라.

4연의 '지금', '여기'라는 부사와 시적 주체 '나'의 사용은 절묘하다. '지금'은 눈이 내리고 있지만 매화 향기 홀로 아득하니 '여기'에서 '나'는 봄을 기다리는 가난한 노래의 씨를 심겠다는 '지금—여기—나'의 의식은 이 시에서 중요하다. 반드시 봄이 올 것이라는 믿음, 그리고 봄이 오면 노래의 씨가 싹을 틔우고 꽃을 피울 것이라는 믿음 없이는 불가능한 의식이다. 눈 내리는 광야의 '지금—여기'를 견뎌내고, 꽃 피는 광야의 저기—너머를 준비하는 '나'의 의지를 강조하는 효과를 내고 있다.

주어 '나'를 향해 '뿌려라'라는 명령형 종결어미를 쓰고 있다는 데에 주목해보자. '뿌리리라'라는 다짐의 의지보다는 '뿌려라'라는 명령의 의지가 더 강력한 힘을 지니고 있음은 물론이다. 문법을 이탈해 스스로에게 명령의 의지를 부여하고 있다. 이렇듯 자신의 삶에 절대적인 사명을 부여함으로써, 강인한 의지로 스스로를 끌어올리고 다그쳐야만 하는 '광야'의 척박한 조건이 강조된다. 5연의 '부르게 하리라'의 주체가 '초인'보다는 '나' 스스로에게 향해 있는 것으로 해석한 것도 같은 맥락에서다.

어쨌든 이 시는 '나'를 둘러싼 광야의 "까마득한 날"(과거)과 "천고의 뒤"(미래), 그리고 눈 내리는 "지금" "여기"(현재)를 노래하고 있다. 하늘/산맥, 바다/큰 강물, 눈/매화, 광음과 계절/씨(앗), 백마/초인, 울음소리/노래 등의 수많은 이항대립적 요소들을 거느린 채 말이다. 이 '광야'가 빚어내는 원시성과 장엄성은 연속적이고 유려한 연결어미(~하고, ~하니, ~이 있어)와, 단호하고 비장한 종결어미(~으랴, ~하였으리라, ~ㄴ지고, ~했다, ~해라, ~하리라)에 의해 더욱 강조된다. 까마득한 날부터 천고 뒤로 이어지는 대서사시적* 배경, 감탄하고 묻고 명령하는 극적인 어조 속에서 '광야'의 시적 효과는 한결 고조되고 있다.

이육사의 삶과 당시의 시대현실을 감안해볼 때 눈 내리는 '광야'가 일제강점기의 한반도 땅이었다면, 가난한 노래의 씨는 조국 해방의 씨앗일 것이다. 같은 맥락에서 백마를 타고 오는 '초인' 역시 해방의 주역일 것이다. 「광야」를 항일저항시의 대표작품으로 읽는 해석이다. 그러나 이 '광야'를 나라와 민족을 잃은 시대·역사적 의미로만 한정해 읽을 필요는 없다. 이 시의 시간과 공간과 인간의 품이 넓고 넓기 때문이다. 그러므로 「광야」는 개인적, 민족적, 인류적 의미에서 자유와 해방을 열망하는 시이고, 이때 '초인'은 미래의 구원자를 의미한다. 이 '초인'에 대한 믿음을 예언자의 목소리로 전하고 있는 시라 할 수 있다.

대서사시적 서정시, 극시와 함께 시의 3대 종류에 속한다. 일반적으로 서사시는 장중한 문체로 심각한 주제를 다루는 장편의 이야기를 늘어놓는 시로서 신화, 전설, 국가, 민족, 역사 또는 인류의 운명 따위를 그대로 순서를 좇아 시의 형식으로 서술한 객관적 문학이다.

그런 의미에서 우리 민족과 겨레의 터전인 조국의 역사 전체를 아우르는 시이기도 하지만, 나아가 인간의 역사 전체를 아우르는 시이기도 하다. 이때 '광야'는 한반도를 넘어 지구 전체, 우주로 확대될 것이다. 하늘이 처음 열렸던 날부터 다시 천고 뒤까지, 휘달리던 산맥들도 범하지 못하고 큰 강물이 비로소 길을 열어준 이곳! 이 신성불가침•의 시공간 속에 그려진 흰 눈과 흰 말馬, 매화 향기와 초인의 이미지는 빼어나다. 역사, 자연, 세계, 그리고 미래를 연모하며 눈부시게 휘달리는 호방•한 시이다. 이 웅대한 스케일과 장엄한 어조와 굳건한 비전이 바로 「광야」의 핵심이다.

그리고 여기,
적막 위에 평화처럼 내리는 눈

이육사의 삶과 시를 연모했던 고은(1933~) 시인의 「눈길」이 있다. 「광야」나 「눈길」이 모두 '나'라는 화자를 내세워 내리는 눈 속에서 지금–여기를 가늠하고 있는 정황은 같다. 「광야」가 선언•적이고 미래적이고 외향적으로 '휘달리는' 시라면, 「눈길」은 고백적이고 다소 허무적이고 내면적으로 '바라보는' 시이다. 전자의 시에서 '눈'이 고난과 시련의 의미를 내포한다면, 후자의 시에서 '눈'은 포용과 적막의 의미를 내포한다.

신성불가침 신성하여 함부로 침범할 수 없음.
호방 '호방하다(의기가 장하여 작은 일에 거리낌이 없다)'의 어근.
선언 어떤 방침이나 의견, 주장 따위를 외부에 표명하는. 또는 그런 것.

「눈길」에 내리는 눈은 '지난 것'을 다 덮고 있다. '지난 것'이란 내 안(마음)의 '어둠'일 것이다. 그 '지난 것' 들 위에 내리는 눈을 시인은 '묵념의 가장자리', '설레이는 평화', '보이지 않는 움직임'으로 인식하고 있으며 이를 '대지의 고백', '위대한 적막'이라 명명하고 있다.

그렇게 눈은 내린다. 삶과 죽음, 산과 들, 마을과 길의 경계를 덮으며 내린다. 온 세상을 낮게 그리고 가깝게 만들고, 적막하게 그리고 서로를 껴안아주고 받아줄 듯 내린다. 마치 우리 삶 속의 죽음처럼 내리고 있다. '위대한 적막寂寞'처럼 내리는 그러한 눈을, 한 평자는 '아름다운 허무'라고도 했으니……

> 이제 바라보노라.
> 지난 것이 다 덮여 있는 눈길을.
> 온 겨울을 떠돌고 와
> 여기 있는 낯선 지역을 바라보노라.
> 나의 마음 속에 처음으로
> 눈 내리는 풍경
> 세상은 지금 묵념의 가장자리
> 지나온 어느 나라에도 없었던
> 설레이는 평화로서 덮이노라.

바라보노라 온갖 것의
보이지 않는 움직임을.
눈 내리는 하늘은 무엇인가.
내리는 눈 사이로
귀 기울여 들리나니 대지의 고백.
나는 처음으로 귀를 가졌노라.
나의 마음은 밖에서는 눈길
안에서는 어둠이노라.
온 겨울의 누리[•] 떠돌다가
이제 와 위대한 적막을 지킴으로써
쌓이는 눈 더미 앞에
나의 마음은 어둠이노라.

—**고은, 「눈길」(『현대문학』 발표, 1958)**

누리 세상.

'열렬한 고독'과 대면하는 생명의 진리

유치환 「생명의 서」

김남조 「겨울 바다」

유 치 환

호는 청마. 1908년 경남 거제에서 태어났다. 동래보통학교와 일본 부장중학교를 거쳐 연희전문학교를 중퇴했다. 1930년 『문예월간』에 「정적」을 발표하며 등단했다. 시집으로 『청마 시초』 『생명의 서』 『울릉도』 『청령 일기』 『유치환 시초』 등이 있다. 경주고등학교·경주여자중학교·대구여자고등학교·부산여자상업고등학교 교장 등을 지냈다. 1967년 작고했다.

김 남 조

1927년 경북 대구에서 태어났다. 서울대 국문과를 졸업했다. 1950년 연합신문에 「성숙」 「잔상」 등을 발표하며 등단했다. 시집으로 『목숨』 『나아드의 향유』 『나무와 바람』 『정념의 기』 『풍림의 음악』 『겨울 바다』 『설일』 『사랑 초서』 『빛과 고요』 『김대건 신부』 『동행』 『바람 세례』 『평안을 위하여』 『희망학습』 『영혼과 가슴』 등이 있다. 숙명여대 교수를 역임했다.

진리란 무엇인가, 앎 혹은 안다는 건 어떤 상태인가, 사랑 혹은 미움은 어디서 비롯되는가, 인간은 왜 사는가, 그리고 어떻게 살아야 하는가, 진정한 삶 혹은 생명이란 무엇인가. 신神은 있는가, 없다면 이 광대무변한 우주를 움직이는 섭리는 무엇인가. 그러한 우주 속에서 나는 누구인가, 무엇인가, 무엇이 되어야 하는가…… 스무 살이 되기 전에 한 번쯤 고민해봐야 할 철학적 질문들이다. 이러한 철학적 물음을 서정시 형식으로 형상화시킨 형이상학적인 시들이 있다. 유치환(1908~1967) 시인의 「생명의 서」가 그 대표적인 작품이다.

이 시는 형이상학적 전통이 희박한 우리 현대시사에서, 드물게도 인간의 의지 혹은 정신적 높이의 한 정점을 보여주고 있다. 유치환의 시 대부분이 그렇듯 이 시 또한 어려운 듯하면서도 쉽고, 쉬운 듯하면서도 어렵다. 쉬운 이유는 무리한 언어적 조탁*, 애매한 감각적 비유, 모호한 정서의 표출 등이 없기 때문이고, 어려운 이유는 관념어가 많고 그 관념어들이 현실을 넘어선 절대적인 세계를 지향하고 있기 때문이다. 시의 기교나 감각을 중시했던 1930년대의 '**시문학파**'에 반대하여, 생명의 본질 추구를 시의 임무로 삼았

언어적 조탁 문장이나 글 따위를 매끄럽게 다듬음.

시문학파 1930년에 창간된 시 전문잡지 『시문학』을 중심으로 순수시 운동을 주도하던 박용철, 김영랑, 정지용, 신석정 등을 이르는 말이다. 이들은 정치적 색채나 사상을 드러내기보다는 참신한 시어를 찾고 문장을 아름답게 다듬는 데 심혈을 기울였다.

생명파 1936년에 창간된 시 동인지 『시인부락』의 동인인 서정주, 오장환, 김동리와 유치환 등 생명 현상에 대해 시적 관심을 가진 문학인들을 이르는 말이다. 이들은 생명과 우주의 근원적 문제, 욕망과 도덕의 갈등, 시대적 불행 등을 시적으로 극복하려는 시도를 하였다. 인생파라고 불리기도 한다.

던 '**생명파**'에서 시인의 시적 출발점을 삼고 있는 데서도 짐작할 수 있는 특징이다.

나의 지식이 독한 회의懷疑●를 구救하지 못하고
내 또한 삶의 애증愛憎을 다 짐 지지 못하여
병든 나무처럼 생명이 부대낄 때
저 머나먼 아라비아의 사막으로 나는 가자

거기는 한 번 뜬 백일白日●이 불사신같이 작열●하고
일체가 모래 속에 사멸한 영겁永劫●의 허적虛寂●에
오직 알라의 신神만이
밤마다 고민하고 방황하는 열사熱沙●의 끝

그 열렬한 고독 가운데
옷자락을 나부끼고 호올로 서면
운명처럼 반드시 '나'와 대면對面케 될지니
하여 '나'란 나의 생명이란
그 원시의 본연●한 자태를 다시 배우지 못하거든
차라리 나는 어느 사구砂丘●에 회한 없는 백골을 쪼이리라

—**유치환, 「생명의 서書」(『동아일보』 발표, 1938)**

회의 마음속에 품고 있는 의심.
백일 구름이 끼지 않아 밝게 빛나는 해, 대낮.
작열 불 따위가 이글이글 뜨겁게 타오름.
영겁 영원한 세월.
허적 텅 비어 적막함.
열사 햇볕 때문에 뜨거워진 모래.
본연 인공을 가하지 아니한 본디 그대로의 자연 상태.
사구 모래 언덕.

니체•의 『차라투스트라는 이렇게 말했다』와 유치환의 「생명의 서」

니체는 『차라투스트라는 이렇게 말했다』에서 이렇게 말한 바 있다. "나는 그대들에게 정신의 세 가지 변화에 대해 말하고자 한다. 어떻게 하여 정신이 낙타가 되고, 낙타는 사자가 되며, 사자는 마침내 아이가 되는가를"•. 차라투스트라는 여기서 인간에게 필요한 세 가지의 변화, 세 단계의 정신을 전하고 있다.

첫번째 변화는 낙타의 정신이다. 이것은 체념과 외경심•으로 무장한 인내심 많은 고행의 정신이다. 낙타는 무엇이 무겁단 말인가? 라고 물으며 무릎을 꿇고는 더 무거운 짐을 가득 싣고자 한다. 인내심 많은 정신은 세상 모든 어리석고 힘든 짐들을 지고 사막을 건넌다. 그리고 고독하기 그지없는 사막 한가운데서 두번째 변화를 만난다. 사자의 정신이다. '너는 해야 한다'와 사투를 벌여 '나는 원한다'의 상태에 이른다. 새로운 창조를 위한 자유정신을 얻는다. 아니, 빼앗는다. 이는 사자의 힘으로 할 수 있는 일이다. 그리고 세번째의 변화는 아이의 정신이다. 아이는 순진무구 그 자체이고 망각이다. 새로운 출발이고 놀이이고 스스로 도는 수레바퀴이고 최초의 움직임이다. 그리고 무엇보다 성스러운 긍정이다. 창조라는 유희를 위해서 필요한 성스러운 긍정의 정신이다. 낙타가 사자가

니체 독일의 철학자. 생生철학의 대표자로 실존주의의 선구자, 또 파시즘의 사상적 선구자로 말해지기도 한다. 그는 종래의 합리적 철학, 기독교 윤리 등 모든 종래의 부르주아 자유주의의 이데올로기를 부정하고 철저한 니힐리즘nihilism을 주장하여 생生의 영겁회귀永劫回歸 속에서 모든 생의 무가치를 주장하고, 선악의 피안에 서서 '약자의 도덕'에 대하여 '강자의 도덕'을 가지고 '초인超人'에 의해서 현실의 생을 긍정하고 살아야 함을 주장했다.

• 프리드리히 니체, 「세 가지 변화에 대하여」, 『차라투스트라는 이렇게 말했다』, 민음사, 2004, 35쪽.

외경심 귀하게 여기다. 공경하면서도 두려운 마음.

되고, 사자가 아이가 되는 이 세 단계 변화를 통해 이제 인간의 정신은 자신의 의지를 원하고 자신의 세계를 되찾는다.

다소 길어졌지만, 유치환의 「생명의 서」는 니체의 『차라투스트라는 이렇게 말했다』을 떠오르게 한다. 일제강점기라는 시대상황에서, 황량하기 그지없는 광막한 만주 벌판에서, 유치환 시인은 자신의 고독과 회의의 정신이 거쳐야 할 니체적인 변화의 단계를 의지적으로 선언하고 있는 듯하다. 낙타의 등짐과도 같은 '지식'과 '회의'와 '삶의 애증'을 훌훌 떨쳐버리고, '열렬한 고독' 속에서 자유를 찾아 포효咆哮 하는 '불사신' 같은 사자로, 그리고 '원시의 본연한 자태'를 지닌 어린아이의 생명력을 회복하고자 하는 유치환의 의지는 니체의 그것과 흡사하다.

'영겁의 허적', 그 한가운데서

1연의 '나의 지식이 독한 회의를 구하지 못하다'라는 구절부터 보자. 이 시를 쓸 당시까지인 삼십여 년을 살면서 얻은 시인의 지식이 진리, 삶 혹은 인간 본연의 모습, 참된 생명 등에 대한 참되고 긍정적인 답을 주지 못하는 것에 대해 시인은 절망한다. 지식이 시인 스스로를 독한 회의로부터 구원해주지 못하기 때문이다. 또한

포효 사나운 짐승이 울부짖음. 또는 그 울부짖는 소리.

● '구하다'의 한자가 간혹 求(구하다, 찾다, 청하다)로 표기되어 있는 곳도 있으나, 발표지면(동아일보, 1938년 10월 19일자)과 시집(『생명의 서』, 행문사, 1947/ 영웅출판사, 1957)을 보면 救(건지다, 돕다, 구원하다)가 맞다.

사랑하고 미워하는 감정 하나도 시인 스스로 감당하지 못하는 것에 대해서도 절망한다. 이러한 상태를 시인은 병들었다고 인식한다. 회의에 빠진 스스로에 대한 회의는, 절대적인 진리나 궁극적인 도덕·가치를 향한 시인의 열망으로 이어진다. 아무튼 이렇게 병든 상태일 때 시인이 찾아가는 곳이 무생명의 공간, 바로 '저 머나먼 아라비아의 사막'이다. 여기에 이 시의 역설적 매력이 있다.

대낮의 뜨거운 태양白日이 불사신같이 작열하고 세상 모든 것들이 모래 속에서 죽고 사라지는 곳, 밤이면 사막의 신 알라만이 무생명성을 구원하기 위해 고민하고 방황하는 곳, 이러한 사막을 관념적으로 축약시켜놓은 시어가 '영겁의 허적'이다. '영겁'은 영원한 세월을, '허적'은 텅 빈 적막을 뜻한다. 윤회•나 공空•과 같은 불교적 사유를 담고 있는 시어들이다. 독한 회의와 삶의 애증을 모두 비운 없음의 상태, 게다가 사멸할 수밖에 없는 인간의 존재론적 한계 너머의 세계, 그것이 영겁의 허적이다. 회의주의자 니체도 '영겁회귀'를 말했다. 세계는 무無에 둘러싸인 채 영겁의 시간 속에서 되풀이되면서 회귀될 뿐이라고. 시인은 그 영겁의 허적에 둘러싸인 열사의 끝으로 가고자 한다. '한 번', '일체', '오직', '끝'과 같은 극단적 시어와 '불사신', '사멸', '영겁', '허적', '고민', '방황'과 같은 관념적 시어를 통해 사막의 상징성을 강조하고 있다.

윤회 수레바퀴가 끊임없이 구르는 것과 같이, 중생이 번뇌와 업에 의하여 삶과 죽음의 세계를 그치지 아니하고 돌고 도는 일.
공 실체가 없고 본질이 없음을 이르는 말.

'열렬한 고독'과의 독대獨對

'영겁의 허적'은 '열렬한 고독'과 이어진다. 고독이 열렬하다는 것은 모순적 진실이다. 그 고독 한가운데서 시인은 단독자로서의 자신과 '운명처럼' 대면하고자 한다. 길지 않은 시임에도 '나(내)'라는 시어가 여섯 번이나 반복되고 있는 까닭이다. 키르케고르•는 이렇게 말했다. 단독자로서의 실존實存•은 필연적으로 고독할 수밖에 없다고. 그리고 모든 진리는 고독한 단독자에 의해서만 전해지고 받아들여진다고. 시인 또한 '영겁의 허적' 한가운데서 단독자로 우뚝 섰을 때 '원시의 본연한 자태'로서의 나 혹은 나의 생명을 다시 배울 수 있다고 믿는다. 이것이 생명의 본질을 회복하는 일이고 추구하는 일이라고 믿는다.

그렇다면 '원시의 본연한 자태'는 어떤 상태일까? 진정한 나의 근원을 다시 배우지 못한다면 백골이 될 때까지 열사의 끝을 벗어나지 않겠다는 마지막 구절에 답이 있다. 생명의 기초는 무無이다. 한 생명의 시작은 다른 죽음의 끝과 이어져 있다. 텅 빈 것에서 다시 생성하는 것, 이 모순어법이 지닌 이중성이 생명의 법칙이다. 그러므로 시인이 배우고자 하는 '원시의 본연한 자태'는 '회한 없는 백골'에서 찾아야 한다. 그것이 사멸의 땅 사막에서 나의 근원적 생명, 태아(아이)의 자세를 배우고자 하는 이유다. 이 시의 '생명'

키르케고르 덴마크의 철학자. 대중의 비자주성과 위선적 신앙을 엄하게 비판하였다. 다른 한편에서는 절망의 구렁텅이에서 단독자單獨者로서의 신神을 탐구하는 종교적 실존의 존재방식을 『죽음에 이르는 병』 등의 저작을 통해 추구하였다.

실존 실제로 존재함. 또는 그런 존재. 철학에서는 사물의 본질이 아닌, 그 사물이 존재하는 그 자체.

모순어법 겉으로는 논리적이지 않지만 곰곰이 생각해보면 속에 깊은 뜻을 담고 있는 모순적인 표현을 말한다. 이는 역설법의 한 방식으로, 대표적인 예가 "이것은 소리 없는 아우성"(청마 유치환의 「깃발」)이다. 아우성이 소리가 없을 수 없다. 그러나 펄럭이는 깃발을 잘 들여다보면 정말 소리 없이 절규하는 듯하다.

이 단지 물리적 의미로서의 목숨을 넘어, 우리 삶의 이상과 좌표 역할을 하는 정신적 의미로서의 진리를 담고 있는 이유이기도 하다.

사막과 생명, 그것들의 '서'

어느 여름날 「생명의 서」에서의 '서'가 書(글 혹은 책)인지 序(서문 혹은 '서'라는 한문 문장의 형식)인지 誓(명세 혹은 서약)인지 궁금했던 적이 있다. 書, 그러니까 글 혹은 책이 맞았다. '생명의 서書'라는 고유명사 혹은 보통명사가 있었던가? 죽은 자를 위한 사후세계에 대한 안내서이자 영원한 해탈을 위한 경전•으로 알려진 '사자死者의 서書•'와 짝을 이루는 형식으로 읽어야 할까? 그런 서書는 일종의 기도문이고 찬미가이고 서약문으로서의 비문이기도 할 것이다. 그러므로 '생명의 서書'라는 제목에는 이미 생명의 서序나 서誓는 물론, 생명이 충만한 삶으로서의 좌표 혹은 삶의 경전이라는 의미가 담겨 있는 셈이다.

우리 현대시에서 '사막'하면 가장 먼저 떠오르는 시 중 하나가 「생명의 서」이다. 불가능한 것, 극한적인 것의 '역설적' 추구라는 유치환의 생명의식을 구현하기에 가장 적합한 공간이 사막이었고, 그것도 가장 먼 '아라비아 사막'이었다. 대낮의 태양이 이글거리는

경전 변하지 않는 법식法式과 도리. 종교의 교리를 적은 책.
사자의 서 고대 이집트에서 사자의 부활과 영생을 얻는 데 도움을 주기 위해 쓰였던 주술성이 강한 장례 문서葬禮文書의 일종.

그 사막 한가운데서 맞이하는 열렬한 고독, 그 고독 속에서 영원한 생명의 충동과 의욕이 샘솟는 단독자를 노래하는 시가 바로 「생명의 서」이다. 물 한줄기 찾을 수 없는 사멸의 사막 끝을 제 몸만한 짐을 지고 묵묵히 걸어가는 낙타처럼, 허무한 삶의 고해*를 헤쳐가는 인간 운명을 온몸에 싣고 나아가는 단독자의 노래인 것이다.

「생명의 서」를 덮으며 나는 이렇게 중얼거린다. "애비를 잊어버려/ 에미를 잊어버려/ 형제와 친척과 동무를 잊어버려,/ 마지막 네 계집을 잊어버려,// 알라스카로 가라 아니 아라비아로 가라/ 아니 아메리카로 가라 아니 아프리카로/ 가라"(서정주, 「바다」)라고. 그리고 또 이렇게 흥얼거린다. "산정 높이 올라가 굶어서 얼어 죽는/ 눈 덮인 킬리만자로의 그 표범이고 싶다"(조용필의 노래, 〈킬리만자로의 표범〉)라는 유행가의 한 소절을.

그리고 여기,
희망을 간직한 미지의 새

'겨울 바다'라는 죽음의 공간에서 시간의 힘을 노래하는 김남조(1927~) 시인의 시가 있다. 치유, 재생, 순환의 이름으로 미래라는 희망을 노래하는 「겨울 바다」이다. 진실, 허무, 시간, 죽음, 기도, 영

*고해 고통의 세계라는 뜻으로, 괴로움이 끝이 없는 인간 세상을 이르는 말.

혼, 인고와 같은 형이상학적 관념들을 겨울 바다, 새, 해풍, 눈물, 기둥과 같은 구체어에 담아내는 솜씨에는 군더더기가 없다.

간혹 미래를 잃어버린 사람들이 '겨울 바다' 앞에 서기도 한다. 보고 싶던 미지의 새들은 죽어 있고 매운 바닷바람에 진실마저 눈물 되어 얼어버린, 절망 혹은 허무라는 마음의 얼음 불로 불붙은 그 겨울 바다! 이런 죽음의 공간에서 시인은 시간의 힘과 기도의 힘을 발견해낸다.

기도는 시간을 견뎌내는 데서 비롯된다. "기도를 끝낸 다음/ 더욱 뜨거운 기도의 문이 열리는/ 그런 영혼"을 갖게 해달라는 그 심혼心魂•의 기도는, 저 차디찬 바다를 수직으로 관통하는 '인고의 물기둥'을 세우는 일이었으리라. 그렇게 각자의 가슴에 품고 사는 '미지'라는 이름의 한 마리 새! 삶에 대한 희망을 우리는 그렇게 부르는 것이리라. 우리는 그렇게 '미지의 새'를 가슴에 품고 사는 미래를 향해 나아가고 있는 자들일 것이다.

> 겨울 바다에 가 보았지
>
> 미지未知•의 새
>
> 보고 싶던 새들은 죽고 없었네

심혼 마음과 혼을 아울러 이르는 말.

미지 아직 알지 못함.

그대 생각을 했건만도

매운 해풍에

그 진실마저 눈물져 얼어버리고

허무의 불 물이랑• 위에

불붙어 있었네

나를 가르치는 건

언제나 시간

끄덕이며 끄덕이며 겨울 바다에 섰었네

남은 날은 적지만

기도를 끝낸 다음 더욱 뜨거운

기도의 문이 열리는

그런 영혼을 갖게 하소서

겨울 바다에 가 보았지

인고忍苦•의 물이

수심水深 속에 기둥을 이루고 있었네

— 김남조, 「겨울 바다」(『현대문학』 발표, 1967)

이랑 물결처럼 줄줄이 오목하고 볼록하게 이루는 모양을 이르는 말.
인고 괴로움을 참음.

모호하게 살아 있는 '눈'

김수영 「눈」

—

최승호 「대설주의보」

김 수 영

1921년 서울 종로에서 태어났다. 연희전문학교 영문과를 중퇴했다. 1947년 『예술부락』에 「묘정廟庭의 노래」를 발표하면서 등단했다. 김경린, 박인환과 함께 시집 『새로운 도시와 시민들의 합창』을 발표하여 주목을 끌었다. 한국전쟁 때 서울을 점령한 북한군에 징집되어 참전했다가 거제도 포로수용소에서 석방된 이후 통역 일과 잡지사, 신문사를 거치며 시작과 번역에 전념했다. 시집으로 『달나라의 장난』 『거대한 뿌리』 등이 있다. 1968년 작고했다.

최 승 호

1954년 강원도 춘천에서 태어났다. 1977년 『현대시학』으로 등단했다. 시집으로 『대설주의보』 『세속도시의 즐거움』 『그로테스크』 『아무것도 아니면서 모든 것인 나』 『고비』 『아메바』 등이 았다. 숭실대학교 문예창작과 교수로 재직중이다.

시는 본질적으로 비유적이고 암시적이다. 상징적이고 다의적이다. 애매하고 모호하고 때로는 난해하고 비의적秘意的• 이기까지 하다. 시의 특성을 설명하는 이 많은 형용사적 의미는 어떻게 다른가. 시는 말하고자 하는 원관념을 다른 보조관념으로 빗대어 표현한다는 점에서 '비유적'이고, 그 비유적인 표현 속에 내포적(함축적) 의미를 숨겨놓고 있다는 점에서 '암시적'이다. 하나의 보조관념이 여러 개의 원관념을 거느리고 있을 때 '상징적'이며, 그 내포적 의미가 여러 개일 때 '다의적'이다.

어떤 단어가 독립적인 둘 이상의 의미를 가지며 그 의미가 문맥에서 분명하게 드러나지 않을 때는 '애매한ambiguous' 것이고, 어떤 단어가 하나의 맥락에서 정확하게 정의되지 않고 그 사용 범위가 불확실하게 사용될 때는 '모호한vague' 것이다.• 이성적으로나 논리적으로 이해가 어렵고 쉽게 해독되지 않을 때 '난해한' 것이고, 오묘하고 깊이 있는 지혜나 성찰이나 철학을 담고 있을 때 '비의적'인 것이다. 또한 '애매성과 모호성'은 의미가 명확하게 파악되지 않는 경우를 말하고, '상징성과 다의성'은 명확하게 파악되는

비의적 숨기어 그 뜻을 알기 어렵다.

• 특히 애매성과 모호성은 혼용되기도 하는데, 윌리엄 엠프슨Empson, Sir William, 1906~1984이 '애매성의 7가지 유형' 을 분류하여 애매성의 개념을 폭넓게 사용하고 있기 때문이다. 그에 따르면 애매성은 시의 주요한 특질(시적 장치)이다. 엠프슨에게 애매성은 둘 또는 그 이상의 거리가 먼 지시 내용을 의미하거나 또는 둘이나 그 이상의 서로 다른 태도나 감정을 나타내는 단어나 표현을 이르는 말이다. 그가 언급한 애매성의 7가지 유형은 다음과 같다. ① 한 낱말 또는 문장이 동시에 여러 방향으로 효과를 미치는 경우(이 유형이 기본 유형으로 나머지 6가지는 모두 ①의 다른 면모에 속한다), ② 둘 이상의 뜻이 모두 저자가 의도한 단일한 뜻을 형성하는 데에 같이 참여하는 경우, ③ 일종의 동음이의어同音異議語로서 한 낱말로 두 가지의 다른 뜻이 표현되는 경우, ④ 서로 다른 의미들이 합쳐져서 저자의 착잡한 정신

 의미가 여러 개 있는 경우를 가리킨다는 점에서 구별된다.

시는 고도로 압축된 언어를 사용하기 때문에 이 애매성을 적극 활용할 경우 시의 내용과 의미를 깊고 풍부하게 할 수 있다. 김수영(1921~1968) 시인의 「눈」이라는 시가 그러하다.

> 눈은 살아 있다
> 떨어진 눈은 살아 있다
> 마당 위에 떨어진 눈은 살아 있다
>
> 기침을 하자
> 젊은 시인이여 기침을 하자
> 눈 위에 대고 기침을 하자
> 눈더러 보라고 마음 놓고 마음 놓고
> 기침을 하자
>
> 눈은 살아 있다
> 죽음을 잊어버린 영혼과 육체를 위하여
> 눈은 새벽이 지나도록 살아 있다
>
> 기침을 하자

상태를 나타내는 경우, ⑤ 일종의 직유로서 그 직유의 두 개념은 서로 잘 어울리지 못하나 저자가 하나의 개념에서 다른 개념으로 옮겨가고 있음(불명확에서 명확으로 나아가고 있음)을 보이는 경우, ⑥ 하나의 진술이 모순되든지 또는 부적절하여 독자가 스스로 해석을 내려야 하는 경우, ⑦ 하나의 진술이 근본적으로 모순되어서 저자의 정신에 원천적 분열이 있음을 나타내는 경우 등이다.

젊은 시인이여 기침을 하자
눈을 바라보며
밤새도록 고인 가슴의 가래라도
마음껏 뱉자

— 김수영, 「눈」(『문학예술』 발표, 1957)

살아 있는 '눈'의 실체

"눈은 살아 있다"와 "기침을 하자"가 매 연의 첫 행에서 번갈아 반복되고 있는, 언뜻 보면 단순해 보이는 시이다. 참고서에 따르면 '눈'은 순수 혹은 순결한 생명력을 의미하고, '기침'은 자신의 부끄러움이나 속물성을 내뱉는 반성적 행위를 의미한다. 이 두 이미지는 대립 구조로 강조되며, 나아가 "죽음을 잊어버린 영혼과 육체"는 죽음을 초월한 채 순수하고 가치 있는 것에 대한 열망을 지닌 사람을 지칭한다고 설명한다.

그러나 읽으면 읽을수록 참고서의 설명처럼 단순하지 않다. 게다가 김수영 시의 특징 중 하나가 모호성과 난해성이 아니던가! 그러니 다음과 같은 의문은 당연한 것이기도 하다. 첫째, '눈'과 '기침'을 이렇게 단순한 대립 구조로 읽어도 될까? 둘째, '눈'이 순수와 생명을 상징한다면 왜 하필 "눈 위에 대고" "눈더러 보라고" 기침을 하자는 걸까? 셋째, 또 왜 "눈을 바라보며" 가래를 뱉자는 걸까? 넷째, 과연 "죽음을 잊어버린 영혼과 육체"가 초월의 긍정적 가치를 의미하는 걸까?

1연과 3연에서 반복되는 "눈은 살아 있다"라는 구절에서 '은'이라는 조사에 주목해보자. 눈 '은' 살아 있다는 진술은, '눈' 이외의 많은 것들은 죽어 있거나 살아 있는지 알 수 없다는 의미를 내포한다. 게다가 이 '눈' 이야말로 가장 죽기 쉬운, 그러니까 지상에 내리자마자 녹기 시작하는 순간적이고 불완전한 존재가 아니던가. 그러므로 '내리는 눈'도 아닌 특히 "마당에 떨어진 눈"은 일반적으로 죽어가는 눈에 가깝다.

그렇게 죽기 쉬운 눈이 '살아 있다'는 건 무엇을 의미하는 것일까? 눈이 내려서 녹지 않고 쌓여 있는 상황이 가장 먼저 떠오른다. 3연 끝 행의 "새벽이 지나도록 살아 있"는 '눈'은 녹기를 거부하는, 사라지기를 거부하는, 반란하는 눈이자 투쟁하는 눈이다. 어둠과 추위로 상징되는 부정적 현실에 대응하는 아이로니컬한 저항이자 투쟁일 것이다. 이때 '살아 있는' 눈은, 생명(순수)을 잃지 않으려는 끈질긴 의지라는 기존의 해석과 맞닿고 있다.

그러나 읽으면 읽을수록 그 끈질긴 살아 있음이 내게는, 생명(순수)을 향한 의지보다는 백색의 위협이나 공포로 다가온다. "눈은 살아 있다"고 반복하면 반복할수록 그 끈질긴 살아 있음이 내게는, 어둠과 추위와 한몸이 되어 쉽사리 무너지지 않는 현실의 폭력과 그 폭력의 위장을 강조하는 것만 같다. 억압과 감시, 거짓과 위장, 나태*와 순종 따위의 악惡의 현실을 강조하고 있는 것만 같다. 이때 '살아 있는' 눈은 부조리한 현실 그 자체일 것이다.

젊은 시인이여 기침을 하자!

2연과 4연에서 화자는, 시대의 첨병(행군의 맨 앞에서 경계·수색하는 임무를 맡은 병사)으로 펄펄 살아 있어야 할 젊은 시인에게 기침을 하자고 촉구한다. 기침은 살아 있는 육체가 생명을 유지하기 위한 물리적인 방어 작용이다. 이물질이 폐로 들어가지 않도록 하기 위해, 또는 세균 감염이나 기도 폐쇄의 위험에 빠지지 않도록 하기 위해 기침을 내뱉는 것이다. 또한 기침은 인격적 존재가 자신의 있음을 상대방에게 알리는 사회문화적 표현이기도 하다. 남에게 위엄을 보이거나 제정신을 가다듬느라고 소리를 크게 내어 하는 기침인 큰기침이 바로 그러하다.

나태 행동, 성격 따위가 느리고 게으름.

그러므로 기침을 한다는 것은, 그것도 "마음 놓고 마음 놓고" 기침을 한다는 것은 살아 있음을 보여주는 가까스로의 몸짓이다. 젊은 시인들에게 기침을 촉구하는 것은 부정적인 현실에 저항하는 각성과 반성의 행위를 의미한다. "눈 위에 대고" "눈더러 보라고" 기침을 하고 "눈을 바라보며" 가래라도 뱉자는 청유는, 생명(순수)의 의지적 표상으로 살아 있는'눈'이 가진 긍정적 의미를 부각시킨다. 지금—여기의 현실이 부조리*하고 병들어 있고, 기침조차 마음대로 할 수 없는 억압의 시대임을 암시한다. 이때 젊은 시인의 기침은 그러므로 '눈'을 향해 '기침을 하자'는 것은, 살아 있는 '눈'과 시대의 첨병으로서의 '젊은 시인'과의 연대의식을 촉구하는 의지적 표현으로 읽혀진다.

그러나 이와 반대로 기침을 한다는 것은, 그것도 "마음 놓고 마음 놓고" 기침을 한다는 것은 부조리한 현실 그 자체로서의 '눈'을 향한 저항의 몸짓이라고 할 수 있다. 이때 "눈 위에 대고"나 "눈더러 보라고", 그리고 '눈을 바라보며'는, 어둠과 추위와 한몸된 부정적 현실 그 자체로서의 눈에 대한 적대감을 내포한다. '살아 있는' 눈의 폭력성에 대항하려는 시적 화자의 의지적 행위인 동시에, 마치 시위라도 하듯이 그 눈을 향해 젊은 시인의 살아 있음을 보여주려는 대결의식의 표현으로 읽히기 때문이다. 이때의 기침은 "내가 지금—바로 지금 이 순간에—해야 할 일은 이 지루한 횡설수설을

부조리 이치에 맞지 아니하거나 도리에 어긋남. 또는 그런 일. 철학 용어로 인생에서 그 의의를 발견할 가망이 없음을 이르는 말. 인간과 세계, 인생의 의의와 현대 생활과의 불합리한 관계를 나타내는 실존주의적 용어로, 특히 프랑스의 작가 카뮈의 부조리 철학으로 널리 알려짐.

그치고, 당신의, 당신의, 당신의 얼굴에 침을 뱉는 일이다. 당신이, 당신이 내 얼굴에 침을 뱉기 전에"● 라고 개진● 하는 그의 '침 뱉기' 정신과도 일맥상통한다. 이러한 침 뱉기로써의 시 쓰기는 다름 아닌 스스로의 살아 있음을 드러내는 기침하기로부터 시작되는 것이다.

'살아 있음'과 '죽음'의 역설적 구조

3연은 특히 모호하다. 죽음이란 모든 생명들이 맞이하게 되는 존재론적 한계 상황이다. 그 유한성을 잊고 죽음을 초월할 수 있는 영혼과 육체를 지향한다는, 그리고 그런 영혼과 육체를 위해 눈이 새벽이 지나도록 살아 있다는 기존의 해석은 어쩐지 너무 상식적이다. 찬찬히 들여다보면 "죽음을 잊어버린 영혼과 육체"가 눈 자신의 것인지, 젊은 시인의 것인지도 애매하다. 그러니까 눈은, 눈 자신의 "죽음을 잊어버린 영혼과 육체"를 위하여 살아 있다는 것일까? 젊은 시인의 "죽음을 잊어버린 영혼과 육체"를 위하여 살아 있다는 것일까? "죽음을 잊어버린 영혼과 육체"를 지향하기 위해서 살아 있다는 것일까, 지양하기 위해서 살아 있다는 것일까?

삶은, 죽음이라는 유한성을 인식함으로써 그 속에서 절대적인

● 김수영, 「시인이여 침을 뱉어라」, 『김수영 전집 2-산문』, 민음사, 1981, 252쪽.

개진 주장이나 사실 따위를 밝히기 위하여 의견이나 내용을 드러내어 말하거나 글로 씀.

가치를 인식한다. 생명이 있는 것들이 그러하듯, 죽음에 대한 각성을 통해 생명으로 나아감이 마땅한 일이다. 때문에 죽음을 잊는다는 것은 생명 혹은 삶의 소명•을 잊는다는 것이기도 하다. 즉, 죽음을 잊어버리지 않으면서 이 순간을 살고 있다는 것이야말로 첨예•한 죽음에의 실천이며 죽음에 대한 저항이다. '메멘토 모리memento mori, 죽음을 생각하라'야말로 죽음으로부터 자유로워지는 지름길인 것이다.

특히 김수영의 시에서 죽음은 두려워하거나 초월해야 할 대상이 아니라 도달해야 할, 완성해야 할 대상이라는 점을 상기해보라. "죽음을 잊어버린 영혼과 육체"야말로'바로 지금 이 순간'을 올바로 인식하지 못하는 자이며, 부조리한 현실 그 자체로 살아남은 자가 아닐까. 침묵하고 안주하고 타협하는 '나타懶惰와 안정安定'(「폭포」)이 바로 "죽음을 잊어버린 영혼과 육체"의 처세술이 아닐까. 그러니 젊은 시인들에게 죽음을 잊지 말라고 촉구하는 것이 아닐까. 이렇게 '잊어버리지 않는' 죽음이야말로 "죽음 우에 죽음 우에 죽음을 거듭"(「구라중화九羅重花」)함으로써 시 쓰기를 완성하기 위한 시인의 각성제일 것이다. 그 살아 있는 '눈'이 생명(순수)을 의미하든 부조리한 현실을 의미하든, 그 '살아 있음'이 눈 스스로를 위해서든 젊은 시인을 위해서든, 그리하여 살아 있음의 징표인 기침을 눈과의 연대의식으로 보든 적대의식으로 보든 말이다.

소명 천직으로도 해석된다. 자신의 직업이나 행동에 그에 맞는 신념을 가지는 것.
첨예 상황이나 사태 따위가 날카롭고 격하다.

화자는 마지막 연에서 다시 젊은 시인의 기침을 촉구한다. 침묵하는 시인, 죽어 있는 시인, 병들어 있는 시인 들을 향한 촉구이다. 죽음을 잊어버리기 쉬운 젊은 시인들에게 '죽음을 잊어버리지 않는 영혼과 육체'로서 살아 있음을 증명해 보이라고! '가래라도'에 붙은 '라도'라는 조사는 아직 죽지 않고 살아 있음을 드러내는 최소한의 증거임을 강조하기 위한 장치이다. 이러한 기침이 바로 시인이 꿈꾸는 시의 반란성이자 시의 혁명성일 것이다.

이렇게 보았을 때 이 시는 눈(순수, 순결)과 기침(불순, 부정)의 단순한 대립 구조로 읽기보다는, 살아 있음(깨어 있음, 바로 봄)과 죽음(침묵, 바로 보지 못함)의 변증법적* 구조로 읽었을 때 그 시적 의미가 더 풍부해진다. 즉 살아 있음(기침)의 반대인 죽음(침묵)이란 결국 기침을 참는 것이자 죽음을 잊어버리는 것이라는 역설적 구조로 읽어야 마땅하다.

덧붙이는 말 하나

살아 있는 눈은 일차적으로 눈雪을 의미한다. 그러나 살아 있는 모든 것들이란 그 눈眼을 통해 살아 있음이 증명되는 법이다. 그러기에 사망 확인도 최후로 눈을 통해 이루어지지 않는가. 눈雪이 살

변증법적 모순 또는 대립을 근본원리로 하여 사물의 운동을 설명하려고 하는 논리.

아 있는 것은 '눈雪의 눈眼'이 살아 있기 때문일 것이다. 게다가 이 시에서도 '보다'라는 술어가 2연과 4연에서 반복되고 있을 뿐만 아니라, '보다'라는 술어는 김수영 시의 핵심어이기도 하다. 그러므로 '눈'이라는 시어는 눈雪과 함께 자연스럽게 눈眼이라는 의미를 동시적으로 거느릴 수밖에 없다. (바로) '보고', (바로) '바라보면'서 현실을 바로 보고자 했던 김수영 시인의 시 정신이 투사된 시어이다. 눈雪뿐만 아니라 눈眼이 죽지 않고 살아 있다고 읽었을 때, 이 '눈'은 얼마나 더 모호하게 살아 있을 것인가.

그리고 여기,
폭력적인 시대현실로서의 눈보라

1970년대에 발표한 황동규(1938~) 시인의 「계엄령 속의 눈」에도 눈이 있다. "눈마다 흙이 묻어" 있다. "찬 땅에 엎드려/ 눈도 코도 입도 아조아조 비벼버리고/ 내가 보아도 내가 무서워지는/ 몰려다니며 거듭 밟히는/ 흙빛 눈이 될까 안 될까"●에서처럼, "몰려다니며 거듭 밟히는 흙빛 눈"이 되어 땅바닥에 더럽혀져 있다. 땅바닥에 짓밟힌 채 더럽혀진 이 눈은 자유인으로서의 민중들의 말과 꿈과 이목구비가 여지없이 짓뭉개진 시대현실을 형상화한다.

● 황동규, 『나는 바퀴를 보면 굴리고 싶어진다』, 문학과지성사, 1978.

그리고 '80년 5월 광주'로 시작되는 1980년대의 시대상황은 더욱 암울해진다. 하여 최승호(1954~) 시인의 「대설주의보」에서 눈은 '눈보라 군단'이 되고 '백색의 계엄령'이 된다. 해일처럼 굽이치는 백색의 산골짜기에 눈은 다투어 몰려온다. 도시와 거리에는 '짱돌•'과 화염병•이 날고 총성이 울렸으리라. 눈은 비명과 함성을 빨아들이고 침묵을 선포했으리라. 쉴 새 없이 내림으로써 은폐하는 백색의 폭력, 어떠한 색도 허용하지 않는 백색의 공포!

그 '백색의 감옥'에는 숯덩이처럼 까맣게 탄 '꺼칠한 굴뚝새'가 있고, 굴뚝새를 덮쳐버릴 듯 '눈보라 군단'이 몰려오고, 그 군단 뒤로는 '부리부리한 솔개'가 도사리고 있다. 분쟁과 투쟁, 공권력 투입, 계엄령으로 점철됐던 1980년대의 시대상황에 대한 탁월한 알레고리 시이기도 하다.

> 해일처럼 굽이치는 백색의 산들,
> 제설차 한 대 올 리 없는
> 깊은 백색의 골짜기를 메우며
> 굵은 눈발은 휘몰아치고,
> 쬐그마한 숯덩이만한 게 짧은 날개를 파닥이며……
> 굴뚝새가 눈보라 속으로 날아간다.

짱돌 자갈보다 좀더 큰 돌을 일컫는 전라도 사투리. '짱똘'로 강하게 발음하기도 함.
화염병 휘발유나 시너 따위의 화염제를 넣어 만든 유리병. 심지에 불을 붙여 던지면 병이 깨지면서 불이 확산됨.

길 잃은 등산객들 있을 듯
외딴 두메•마을 길 끊어놓을 듯
은하수가 펑펑 쏟아져 날아오듯 덤벼드는 눈,
다투어 몰려오는 힘찬 눈보라의 군단,
눈보라가 내리는 백색의 계엄령•.

쬐그마한 숯덩이만한 게 짧은 날개를 파닥이며……
날아온다 꺼칠한 굴뚝새가
서둘러 뒷간에 몸을 감춘다.
그 어디에 부리부리한 솔개•라도 도사리고 있다는 것일까.

길 잃고 굶주리는 산짐승들 있을 듯
눈더미의 무게로 소나무 가지들이 부러질 듯
다투어 몰려오는 힘찬 눈보라의 군단,
때죽나무•와 때• 끓이는 외딴집 굴뚝에
해일처럼 굽이치는 백색의 산과 골짜기에
눈보라가 내리는
백색의 계엄령.

—**최승호, 「대설주의보」(『대설주의보』 수록, 민음사, 1983)**

두메 도회에서 멀리 떨어져 사람이 많이 살지 않는 변두리나 깊은 곳.
계엄령 대통령이 계엄의 실시를 선포하는 명령.
솔개 수릿과의 새.
때죽나무 때죽나뭇과의 낙엽 지는 나무.
때 끼니 또는 식사 시간.

3

시의 새로움을 위하여

그림처럼 그린, 근대를 향한 무서운 노래

이상 「오감도 시제1호」

—

황지우 「호명」

이 상

본명 김해경. 1910년 서울에서 태어났다. 신명학교, 보성고등보통학교, 경성고등공업학교 건축과를 거쳤고 졸업 후에는 총독부 건축과 기수로 취직하였다. 1931년 『조선과 건축』에 「이상한 가역반응」 「BOITEUX · BOITEUSE」 「파편의 경치」 등의 시를 발표하며 작품활동을 시작했다. 시 「건축무한육면각체」를 발표하면서 '이상李箱'이라는 필명을 처음으로 사용했다. 1934년 '구인회'에서 본격적인 문학 활동을 시작하여 시 「오감도」를 조선중앙일보에 연재하지만 난해시라는 독자들의 항의로 30회로 예정되어 있었던 분량을 15회로 중단하기도 했다. 1937년 폐병으로 작고했다.

황 지 우

본명 황재우. 1952년 전남 해남에서 태어났다. 서울대 미학과를 졸업했다. 1980년 「연혁沿革」이 중앙일보 신춘문예에 입선하고 「대답 없는 날들을 위하여」 등을 『문학과지성』에 발표하면서 작품활동을 시작했다. 시집으로 『새들도 세상을 뜨는구나』 『게 눈 속의 연꽃』 『겨울—나무로부터 봄—나무에로』 『나는 너다』 『어느 날 나는 흐린 주점에 앉아 있을 거다』 등이 있다. 한국예술종합학교 교수를 역임했다.

우리에게 근대 혹은 근대화란 무엇이었을까? 우리 현대시에서 근대성•이란 어떻게 발현되었을까? 우리의 근대화는 서구화와 다르지 않았고, 일제강점기하에서 근대화는 많은 부분이 일본화된 서구화였음을 부정할 수 없다. 우리의 전통을 부정하면서 전통과의 급격한 단절 속에서 이루어진 압축된 서구화였음도 부인할 수 없는 사실이다. 몸과 마음은 물론 사회 모든 분야에서 급격한 속도로 이루어진 이 근대화를 한두 마디로 설명하기란 쉽지 않은 일이다.

우리의 시 또한 마찬가지였다. 시조, 민요, 가사, 판소리, 한시 등으로 향유되었던 우리의 시가詩歌, 시와 노래가 결합한 양식는 최초의 '현대시'로 일컬어지는 최남선의 「해海에게서 소년에게」를 기점으로 전혀 다른 시로 바뀌었다. 한글로 쓴 시, 보는(읽는) 시, 행과 연의 제한이 없는 자유시, 그리고 인쇄되고 지면에 발표되는 시로 바뀐 것이다. 시 형식뿐만이 아니다. 소재나 주제에서도 근대문명의 유입으로 변화된 삶의 양식과 인간 내면이 다루어졌다.

우리 현대시에서 근대(화)란 무엇이었고 어떻게 발현되었는가

• 현대성이라는 단어와 혼용되기도 하는 근대성modernity이란 근대의 특질을 표현하는 용어이다. 근대는 1870년부터 1910년 사이의 시기라고 보기도 하지만(이 시기 이후를 현대로 구분), 일반적으로는 1910년에서 1960년 사이의 시기라고 본다(이때 근대와 현대는 혼용된다). 근대라는 용어가 결코 좁지 않은 시기를 지칭하므로 근대성이라는 용어는 전후 문맥에 따라 그 의미를 파악해야 한다.

하는 문제를 가장 근대적 형식으로 보여주는 시 한 편을 소개한다. '포스트모던'(탈근대)• 이라 일컬어지는 오늘날에 봐도 여전히 새로운, 우리 현대시의 최전방에 위치했던 이상(1910~1937) 시인의 「오감도 시제1호」가 바로 그것이다.

13인의아해•가도로로질주•하오.
(길은막다른골목이적당하오.)

제1의아해가무섭다고그리오.
제2의아해도무섭다고그리오.
제3의아해도무섭다고그리오.
제4의아해도무섭다고그리오.
제5의아해도무섭다고그리오.
제6의아해도무섭다고그리오.
제7의아해도무섭다고그리오.
제8의아해도무섭다고그리오.
제9의아해도무섭다고그리오.
제10의아해도무섭다고그리오.

제11의아해가무섭다고그리오.
제12의아해도무섭다고그리오.

포스트모더니즘postmodernism 직역하면 모던 후의, 다음의 모던이라는 뜻. 모더니즘이 확립해놓은 사상, 원리, 형식 따위에 대한 작용 및 반작용反作用으로 일어난 예술 경향.

아해 '아이'의 옛말.
질주 빨리 달림.

제13의아해도무섭다고그리오.

13인의아해는무서운아해와무서워하는아해와그렇게뿐이모였소.
(다른사정은없는것이차라리나았소)

그중에1인의아해가무서운아해라도좋소.

그중에2인의아해가무서운아해라도좋소.

그중에2인의아해가무서워하는아해라도좋소.

그중에1인의아해가무서워하는아해라도좋소.

(길은뚫린골목이라도적당하오.)

13인의아해가도로로질주하지아니하여도좋소.

— 이상, 「오감도 시제1호」(『조선중앙일보』 발표, 1934)

'소년'의 발견과 여전한 '아해'

"처……ㄹ썩, 처……ㄹ썩, 척, 쏴……아"로 시작해서 "담膽 크고 순정한 소년배들이,/ 재롱처럼, 귀엽게 나의 품에 와서 안김이로다./ 오너라 소년배 입맞춰주마"라고 끝을 맺었던 최남선의 「해海에게서 소년에게」가 우리나라 최초의 종합잡지인 『소년』• 창간호

소년 1908년 11월에 최남선이 창간한 우리나라 최초의 종합 월간지. 서양 문물의 소개, 과학 지식의 도입과 계몽주의, 애국 사상의 고취 따위에 힘썼으며, 신문학 형성에도 큰 역할을 하였으나, 1911년 5월에 23호를 끝으로 폐간됨.

에 발표되었던 해가 1908년이었다. 이 시에서 바다海는 밖으로부터 밀려드는 근대문명의 상징이었고 '소년'은 그 근대화를 실현해야 할 미래의 주역이었다. 그리고 방정환이 『어린이』•라는 잡지를 창간하고 '어린이날'을 제정한 것은 1923년이었다. 그는 어른에 이르지 못한 채 어른의 종속적 존재로 불렸던 아해兒孩·아희兒禧·아이·아동이라는 말과 구별해, 미래를 꿈꾸는 소중한 사람으로서 '어른'과 동등하게 독립된 인격체로 존중되어야 한다는 의지를 담아 '어린이'라는 말을 처음 쓰기 시작했다. 이렇듯 근대는 소년과 어린이(나아가 학교)의 발견과 함께 시작되었다 해도 과언이 아니다.

「오감도」가 발표되었던 1934년 당시 소년이나 어린이라는 말은 모던을 상징하는 일상어였다. 게다가 기존에 사용하던 아동이나 아이와 같은 말들이 있었음에도 이상은 왜 '아해'라는 옛날식 한자어를 썼던 것일까? 근대적 주체로서의 소년이나 미래적 주체로서의 어린이가 되지 못하는, 전근대적 주체로서의 아동을 아해로 표현한 것은 아닐까. 그러니까 아해라는 단어 속에 깃든 전근대적 의미를 강조하고 싶었던 것은 아닐까.

어린이 1923년부터 1934년까지 소파 방정환의 주재로 간행된 아동 잡지. 민족혼을 일깨우고, 아동문학가를 발굴하고 육성하는 데 기여함.

이상의 아해는, 소년이나 어린이처럼 근대의 바다 혹은 미래를 향해 명랑하게 나아가지 못한다. 1연의 '도로'는 1930년대 근대화의 대표적 상징물이다. 신작로, 철도, 고속도로 등 모든 근대화는 온갖 도로로부터 시작된다. 이런 도로는 필연적으로 질주와 속도를 동반한다. 속도를 기반으로 하는 익명성●, 대량성, 획일성이야말로 근대의 특징이 아니던가. 전통과 관습의 상징인 어른에 속해 있고 어른의 뜻을 따라야 하는 아해가 이 '도로'●로 질주하는 것은 위태롭고 불안하기 짝이 없는 일이다. 그 아해들을 숫자화시켜 나열함으로써 익명성과 대량성과 획일성을 강조하고 있으며, 그러한 특성은 "다른사정은없는것이차라리나았소"에서 암시적으로 드러나고 있다.

이렇게 질주하는 아해들이란, '모보'(모던 보이), '모걸'(모던 걸)을 지향했던 당시의 일반 대중들의 또다른 이름이었을 것이다. 그러나 이 맹목적인 질주 속에서는 서로가 서로에게 두려움의 주체이자 대상이 된다. 그래서일까. 질주라는 서술어에 '달려가다'와 '달아나다'라는 의미가 동시에 담겨 있음에 유의하자. 특히 속도, 익명, 대량, 획일 등을 특징으로 하는 근대사회에 대한 불안과 공포는 19회에 걸쳐 반복되는 '무서움'이라는 시어에 집약되고 있다.

익명성 어떤 행위를 한 사람이 누구인지 드러나지 않는 특성.

● '로'라는 접미사의 의미는 모호하다. '로'라는 의미의 처소격 접미사인지 '를'이라는 의미의 목적격 접미사인지 불분명하지만 전자에 가까울 것이다.

이상은 우리에게 불길한 새로 인식되어온 까마귀烏와 서양에서 불길한 수로 인식되어온 13•이라는 숫자를 내세우고 있다. 13이 불길한 숫자가 아니라 하더라도 13인의 아해가 연달아 혹은 한꺼번에 질주하는 일은 공포스럽기까지 하다. 또한 이 13은 당시 조선의 13개 도道를 떠올리게도 한다. 조선 13도를 대표하는 13인의 전근대적인 아해들이, 일본과 서구문명으로 상징되는 근대를 향해 달려가는 모습이 떠오른다.

한편, 계기적인 시간의 척도인 시계는 근대문명의 대표적 상징이었다. 이상은 시계와 시간에 대해 예민했다. 「1931년(작품 제 1번)」•의 한 구절 "12+1=13 이튿날(즉 그때)부터 나의 시계의 침은 3개였다"를 보면, 12+1=13은 이튿날, 그러니까 자정 너머를 의미한다. 12는 12시간만이 아니라 12개월이나 12절기, 혹은 12진법을 의미할 수도 있겠다. 아무튼 12시에 1을 더한 13시는, 24시에 1을 더한 25시처럼, 새로운 시간을 의미한다. 끝(완성, 죽음)+1=시작(미완성, 삶)인바, 13은 새로운 1로 나아가지 못하는 불완전한 시작이다. 그러므로 13이라는 숫자는 일상적이고 정상적인 시공간 너머의 상상, 초현실, 자유, 탈출, 변칙, 불길 등을 상징한다. 일제강점기하에 있던 우리에게 일본 중심의 근대화는 그렇게 불길하고불

• 하늘을 나는 새가 조망하듯 높은 곳에서 내려다본 모양을 그린 그림을 뜻하는 조감도鳥瞰圖에서 '새 조鳥' 자 대신 '까마귀 오烏' 자를 씀으로써 낯설음과 불길함을 강조하고 있다(여기에 숫자를 붙여가며 연작시 제목으로 삼고 있다). 특히 서구에서 13이라는 숫자가 불길한 이유는 배반자 유다를 포함한 열두 제자와 예수의 '최후의 만찬' 숫자에서 기원하기 때문이고, 이후 교회에 의한 템플기사단의 학살이 13일의 금요일에 이뤄진 데서 연원하기 때문이다.

• 1960년에서야 알려진 그의 유작시 「1931년(작품 제1번)」의 10연은 이렇다. "나의 방의 시계 별안간 13을 치다. 그때, 호외의 방울소리 들리다. 나의 탈옥의 기사./ 불면증과 수면증으로 시달림을 받고 있는 나는 항상 좌우의 기로에 섰다./ 나의 내부로 향해서 도덕의 기념비가 무너지면서 쓰러져 버렸다. 중상. 세상은 착오를 전한다./ 12+1=13 이튿날(즉 그때)부터 나의 시계의 침은 3개였다."

안하게 다가왔을 것이다.

이 시를 더욱 공포스럽게 하는 것은 시 형식이다. 13인의 아해들이 왜 그렇게 연달아 혹은 일제히 질주하는지는 알 수 없다. 무서움의 실체는 드러내지 않은 채 반복과 대칭의 형식으로 무서움을 증폭시키고 있을 뿐이다. 게다가 무서운 아해(18행, 19행)와 무서워하는 아해(20행, 21행)는 구별되지 않는다. '무서운 아해'가 '무서워하는 아해'다. 그 역도 가능하다. 막다른 골목(2행)과 뚫린 골목(22행), 그리고 질주하는 아해(1행)와 질주하지 않는 아해(23행) 역시 마찬가지다. 조사 '~라도'와 함께 오는 서술어 '좋소/적당하오' 때문이다.

2, 3연에서는 제1~10의 아해와 제11~13의 아해를 연갈이로 구분하고 있다. 왜 그랬을까? 세상의 모든 아해들이 특정한 기준에 의해 그렇게 무리 지어 달리고 있음을 보여주려 한 것일까? 또한 각 연의 첫 행에 배치한 제1의 아해와 제11의 아해에만 조사 '가'를 쓰고 있고 제2의 아해부터 제10의 아해까지는 '도'를 쓰고 있다. 이 역시 가장 선두에 선 아해를 모방하는 근대인의 군중(대중)심리•를 강조하고 싶었던 것일까?

군중심리 많은 사람이 모였을 때에, 자제력을 잃고 쉽사리 흥분하거나 다른 사람의 언동에 따라 움직이는 일시적이고 특수한 심리 상태.

첫 연(1행, 2행)과 끝 연(22행, 23행)은, 의미적으로 상반된 진술을 하고 있다. 거울처럼 서로를 대칭적으로 되비추면서 반복하고 있는 셈이다. 게다가 아해들은 13번의 반복을 통해 복제를 거듭하며 아해들 사이의 개별적인 경계와 차이를 무너뜨린다. 익명성과 대량성 속에서는 서로가 서로에게서 소외된다. 반복함으로써 진술한 의미를 위반하고 부정하는 이러한 시 형식은 근대 지식인의 고뇌와 방황, 절망적 현실에 대한 불안과 공포를 시각적으로 보여준다.

그러므로 이 시는 그림에 가깝다. 순차적으로 서술된 13인의 아해들이 동시적으로 질주하는 형상을 형태적으로 보여주고 있기 때문이다. 세로쓰기로 인쇄되었던 발표 당시의 시 형태는 실제로 13인의 아해가 동시적으로 질주하는 느낌을 준다. 또한 에드바르

烏瞰圖 李箱 1
詩第一號
十三人의兒孩가道路로疾走하오。
(길은막다른골목이適當하오。)
第一의兒孩가무섭다고그리오。
第二의兒孩도무섭다고그리오。
第三의兒孩도무섭다고그리오。
第四의兒孩도무섭다고그리오。
第五의兒孩도무섭다고그리오。
第六의兒孩도무섭다고그리오。
第七의兒孩도무섭다고그리오。
第八의兒孩도무섭다고그리오。
第九의兒孩도무섭다고그리오。
第十의兒孩도무섭다고그리오。
第十一의兒孩가무섭다고그리오。
第十二의兒孩도무섭다고그리오。
第十三의兒孩도무섭다고그리오。
十三人의兒孩는무서운兒孩와무서워하는兒孩와그러케뿐이모혓소。(다른事情은업는것이차라리나앗소)
그中에一人의兒孩가무서운兒孩라도좃소。
그中에二人의兒孩가무서운兒孩라도좃소。
그中에二人의兒孩가무서워하는兒孩라도좃소。
그中에一人의兒孩가무서워하는兒孩라도좃소。
(길은뚫린골목이라도適當하오。)
十三人의兒孩가道路로疾走하지아니하야도좃소。

드 뭉크*가 그린 〈절규〉라는 그림도 떠오른다. 왜 그렇게 무서운 표정으로 절규하고 있는지 알 수 없다는 점에서 그렇고, 이유를 알 수 없기에 그 절규 또한 끝나지 않을 것 같다는 점에서도 그렇다. 질주하는 13인의 아해들의 표정이, 도로 한복판에서 공포에 사로잡혀 있는 뭉크의 절규하는 사람의 표정일 것만 같다. '아해'라는 이름으로 근대의 출발과 더불어 질주하기 시작해 여전히 질주중인 우리들의 자화상일 것만 같다. 어쨌든 다양한 해석의 가능성을 열어놓고 있는 시임에 틀림없다.

에드바르드 뭉크, 〈절규〉(1893)

그리고 여기,
시대적 비극에 바치는 애도의 형식

「오감도 시제1호」에서 보여주는 익명성, 대량성, 시각성을 극대화하고 있는 황지우(1952~) 시인의 「호명」이라는 시가 있다. 이 시는 1980년 '오월 광주'로 인해 희생된 수많은 사람들의 고통을 반복의 형식으로 형상화하고 있다. 황지우가 이 같은 형식으로 보

뭉크 노르웨이의 화가 · 판화가. 사랑 · 죽음 · 불안 등의 주제를 강렬한 색채로 환상적으로 표현하여, 표현주의의 작풍作風을 확립하였다.

여주고자 했던 바는 군부독재의 폭력성이다. 관 번호, 검시 번호, 묘지 번호는 일차적으로 수많은 희생자의 숫자를 암시한다. 104와 A-13에서 짐작되는 숫자 4와 13이라는 숫자는 죽음과 불길함과 분노의 표출로 읽혀진다.

스무 번에 걸쳐 반복되는 "이름 없는 그대여"의 되풀이는 '이름 없는' 묘지의 행렬을 시각화하고 있으며, 이름조차 불러줄 수 없는 죽음들의 비극성을 시각화하고 있다. 실현 불가능한 '증오'와 '비가시적' 죽음을 표출하는 절망의 형식이자, 실현 가능한 애도와 '가시적' 부활을 기원하는 희망의 형식이라 할 수 있다. 또한 이 모든 것들을 향한 부름의 형식이자, '이름 없는' 시민들의 비극적 주검에 바치는 초혼招魂•의 또다른 형식인 셈이다.

> 관 번호 104 : 실현 불가능한 이 증오가 실현 가능한 사랑이 될 때까지
> 검시• 번호 A-13 : 그 비가시적• 사랑이 비로소 가시적• 부활이 될 때까지
> 묘지 번호 115 : 이름 없는 그대여
> 이름 없는 그대여 이름 없는 그대여
> 이름 없는 그대여 이름 없는 그대여
> 이름 없는 그대여 이름 없는 그대여
> 이름 없는 그대여 이름 없는 그대여

초혼 사람이 죽었을 때에, 그 혼을 소리쳐 부르는 일.

검시 수사 기관이 사고로 죽은 사람의 시체를 조사하는 일.
비가시적 눈으로 볼 수 없는 것.
가시적 눈으로 볼 수 있는 것.

이름 없는 그대여 이름 없는 그대여
이름 없는 그대여 이름 없는 그대여
이름 없는 그대여 이름 없는 그대여
이름 없는 그대여 이름 없는 그대여
이름 없는 그대여 이름 없는 그대여
이름 없는 그대여 이름 없는 그대여

— 황지우, 「호명*」 (『새들도 세상을 뜨는구나』 수록, 문학과지성사, 1983)

호명 이름을 부름.

상호텍스트적 맥락에서 듣는 '풀벌레 소리'

이용악「풀벌레 소리 가득 차 있었다」

—

정진규「몸시詩 · 32—풀잎」

이 용 악

1914년 함북 경성군 경성면에서 태어났다. 경성보통학교와 일본 조치대학 신문학과를 졸업했다. 『신인문학』에 「패배자의 소원」을 발표하면서 작품활동을 시작했다. 시집으로 『분수령』 『낡은 집』 『오랑캐꽃』 『이용악집』 등이 있다.

정 진 규

1939년 경기 안성에서 태어났다. 고려대 국문과를 졸업했다. 1960년 동아일보 신춘문예를 통해 등단했다. 시집으로 『마른 수수깡의 평화』 『유한의 빗장』 『들판의 비인 집이로다』 『매달려 있음의 세상』 『비어 있음의 충만을 위하여』 『연필로 쓰기』 『뼈에 대하여』 『별들의 바탕은 어둠이 마땅하다』 『몸시』 『알시』 『껍질』 등이 있다. 한양여대 교수를 역임했다.

시를 제대로 읽기 위해서 작품 외적인 요소들을 알아야만 하는 작품들이 있다. 시가 창작된 시대나 사회적 배경, 시인의 전기적 사실, 시인의 시론이나 시 정신, 시에 끌어다 쓴 다른 작품들, 시인이 쓴 다른 시편들, 문단의 사조나 흐름, 언어학적 지식 등을 비롯해 작품 외적인 요소들은 많고도 많을 것이다. 전쟁을 겪고 남북이 분단된 상황에서 **월북 시인**들의 시편들은 작품 외적인 요소들에 대한 의존도가 더 높을 수밖에 없다. 월북 시인들 중 특히 휴전선 너머가 고향인 시인들의 시편들은 언어, 정서, 문화, 풍습 등 많은 부분이 단절되어 시 해석에 작품 외적인 요소가 개입되는 경우가 많다.

시인 이용악(1914~1971)이 그 대표적인 경우에 해당한다. 그의 대표작 「풀벌레 소리 가득 차 있었다」는 작품 외적인 여러 요소들과의 상호텍스트적 맥락 속에서 읽었을 때 제대로 읽힌다. '하나의 텍스트가 다른 텍스트들과 연결되는 상호관계'를 일컬어 상호텍스트성이라 한다. 문학작품들 간의 상호관계도 있겠으나 문학작품이 영화, 드라마, 광고, 건축, 회화, 사진, 음악, 무용, 연극, 패션 등과 맺는 상호관계 또한 다양하다. 이 시는 특히 작품 외적인 요소들과

월북 시인 남북이 분단되고 전쟁을 겪으면서 스스로 혹은 타의에 의해 북으로 이주한 시인들을 말한다. 군사독재 시절에는 이름조차 부르지 못한 금기의 시인들이었지만 1988년 이후 해금되기 시작하여 이들의 작품을 남한에서도 자유롭게 읽을 수 있게 되었다. 대표적인 시인으로 정지용, 백석, 이용악 등이 있다.

시인이 쓴 다른 시들과의 상호텍스트적 맥락에서 그 의미가 선명해지는 작품이다.

우리 집도 아니고
일가집•도 아닌 집
고향은 더욱 아닌 곳에서
아버지의 침상• 없는 최후 최후의 밤은
풀벌레 소리 가득 차 있었다

노령•을 다니면서까지
애써• 자래운• 아들과 딸에게
한마디 남겨 두는 말도 없었고
아무을만•의 파선도
설룽한• 니코리스크•의 밤도 완전히 잊으셨다
목침•을 반듯이 벤 채

다시 뜨시잖는 두 눈에
피지 못한 꿈의 꽃봉오리가 갈앉고
얼음장에 누우신 듯 손발은 식어갈 뿐
입술은 심장의 영원한 정지를 가르쳤다
때늦은 의원이 아무 말 없이 돌아간 뒤

일가집 한집안, 친척집.
침상 베개나 이부자리 위. 잠을 자거나 누워 있는 곳.
노령 러시아의 영토, 시베리아 일대.
애써 마음과 힘을 다하여 무엇을 이루려고 힘써.
자래운 자라게 한.
아무을만 중국 흑룡강 하류의 아무르 지역.
설룽한 춥고 차가운.
니코리스크 시베리아 하구의 항구도시 니콜라예프스키.
목침 나무토막으로 만든 베개.
미명 날이 채 밝지 않음, 희미하게 밝음.

이웃 늙은이 손으로
눈빛 미명•은 고요히
낯을 덮었다
우리는 머리맡에 엎디어
있는 대로의 울음을 다아 울었고
아버지의 침상 없는 최후 최후의 밤은
풀벌레 소리 가득 차 있었다

—이용악, 「풀벌레 소리 가득 차 있었다」(『분수령』 수록, 삼문사, 1937)

선행되어야 할 몇 가지 이해들

1914년 함북 경성에서 태어난 이용악 시인은 서정주, 오장환 시인과 함께 1930~40년대 조선의 시삼재詩三才로 꼽혔다. 해방 후 좌파 문인단체인 조선문학가동맹•에서 활동하다 체포돼 복역중 6·25 전쟁이 터져 전쟁중에 월북했으며 1971년 사망했다. 일제강점기의 가난한 현실과 피폐한 북방의 정서, 고향이나 조국을 떠날 수밖에 없는 유이민流移民•의 실상을 묘사한 그의 시들은 현대시사에서 독보적인 위치를 차지한다.

조선문학가동맹 미군정기에 서울에서 결성되었던 좌익 계열의 문학 단체이다. 기관지 『문학』(1946~1948)을 발행한 바 있다. 1948년 대한민국 정부 수립 이후 회원들의 전향, 월북 등으로 사실상 해산되었다.
유이민 나라를 잃고 여기저기 떠돌아다니는 사람.

이 시를 올바르게 감상하기 위해서는 이용악 시인의 전기적 사실을 알아야 한다. 먼저 '자래운', '설룽한' 같은 방언이나, '노령', '아무을만', '니코리스크' 같은 지명에 대한 이해가 선행되어야 한다. 이 시는 어릴 적에 아버지를 잃었던 시인의 비극적 체험을 담담한 어조로 극대화시키고 있다. 부모님의 죽음은 자식에게 큰 슬픔이다. 그러기에 부모님이 돌아가심을 옛 어른들은 천붕天崩, 즉 '하늘이 무너져내린다'라는 표현을 쓰지 않았던가. 첫 연과 끝 연에서 암시하고는 있지만, 아버지의 죽음이 횡사•나 객사•와 같이 비극적이라면 더욱 치명적일 것이다. 시인의 이러한 전기적 사실은 시 이해에 중요하다.

또한 첫 시집 『분수령』(1937)에 실렸던 이 시의 개작 및 수정 과정, 오자 표기 등에 대해서도 알아둘 필요가 있다. 월북 이후 북한에서 발간된 『리용악 시전집』(1957)에서는, 해석이 어려웠던 2연의 "아무을만의 파선도/ 설룽한 니코리스크의 밤도 완전히 잊으셨다"와 3연의 "입술은 심장의 영원한 정지를 가르쳤다"가 삭제되어 있다.• 또한 3연의 '눈빛 미명'이 '눈빛 무명'으로 바뀌었는데, 이는 『이용악집』(1949)에서도 이미 수정되었던 것이므로 첫 시집 발간 당시의 오자 표기를 바로잡은 듯하다. 전체적으로 시의 의미가 정확해지고 선명해지도록 개작 및 수정 과정이 이루어졌다.

횡사 뜻밖의 재앙으로 죽음.
객사 객지에서 죽음.

• 이외에도 2연에서는 '노령' → '아라사', '자래운' → '애써 키운', '없었고' → '없었다', '목침을' → '초라한 목침을'으로, 3연에서는 '깔앉고' → '갈앉았던가', '손으로' → '손끝이 떨며', '낯을' → '조용히 낯을'으로, 4연에서는 '우리는' → '서러운', '있는 대로의 울음을 다아 울었고' → '있는 울음 다 울어도 그지없던 밤'으로 수정 및 개작되었다.

상호텍스트적 맥락에서 살펴본 아버지의 삶과 죽음

이 시에서 시인과 화자는 구별되지 않는다. 우리 집은 물론 친척 집도 아니었고, 침상도 없었고, 밤이었고, 풀벌레 소리(만) 가득 차 있었다는 점들을 종합해볼 때, 아버지는 가을밤 이국땅 벌판 가까운 곳에서 돌아가신 듯하다. 아버지의 죽음을 객사로 추정하는 단서들이다. 이렇듯 1연은 아버지가 죽음을 맞이한 장소의 객관적인 정황을 제시하고 있다.

2연은 해석상 난맥을 이루는 부분이다. 아버지는 왜 "노령을 다니"셨을까? "아무을만의 파선"이나 "설룽한 니코리스크의 밤"은 아버지의 삶에서 어떤 의미를 지니는 걸까? 시인의 전기적 사실과 다른 텍스트와의 상호텍스트적 맥락에서 읽었을 때 그 의미는 분명해지고 풍요로워진다.

> 아버지도 어머니도/ 젊어서 한창땐/ 우라지오•로 다니는 밀수꾼// 눈보라에 숨어 국경을 넘나들 때/ 어머니의 등곬에 파묻힌 나는/ 모든 가난한 사람들의 젖먹이와 다름없이/ 얼마나 성가스런 짐짝이었을까
>
> —「우리의 거리」 부분

우라지오 러시아 시베리아 동남부 동해 연안에 있는 항구 도시 블라디보스톡.

양털모자 눌러쓰고 돌아오신 게 마지막 길/ 검은 기선•은 다시 실어주지 않았다/ 외할머니 큰아버지랑 계신 아라사•를 못 잊어/ 술을 기울이면 노 외로운 아버지였다// 영영 돌아가신 아버지의 외롬이/ 가슴에 옴츠리고 떠나지 않는 것은 나의 슬픔

—「푸른 한나절」 부분

이용악 시인은 한반도 북단의 국경도시 함경북도 경성에서 태어났다. 경성은 최초의 서사시 「국경의 밤」•을 쓴 김동환 시인의 고향이기도 하다. 이용악 시인의 가족들은 할아버지 적부터 국경을 넘나들며 밀무역을 했으며 두만강을 건너 노령이나 연해주 등지로 이민을 간 친척들도 많았다. '아무을만' 이나 '니코리스크' 는 아라사(러시아) 극동 끝에 위치한 연해주의 북쪽 지명들이고, '우라지오(블라디보스토크)' 는 연해주의 남쪽 지명이다. 19세기 중엽부터 정치적 불안과 빈곤으로 한인(카레이스키)들은 연해주 일대로 이주하기 시작했다. 두 인용시의 시대적 배경, 전기적 맥락이다.

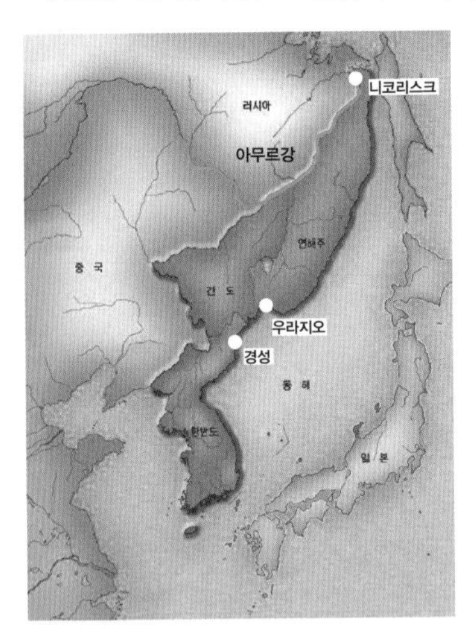

기선 증기 기관의 동력으로 움직이는 배를 이르는 말.
아라사 러시아.

• 전체 제3부 72장으로 된 장편서사시인 「국경의 밤」 역시 일제강점기 국경지대인 두만강변의 작은 마을을 배경으로 국경을 넘나들며 소금 밀무역을 하는 남편을 걱정하는 여자 이야기다. "아하, 무사히 건넜을까,/ 이 한밤에 남편은/ 두만강豆滿江을 탈없이 건넜을까?/ 저리 국경 강안江岸을 경비하는/ 외투外套 쓴 검은 순사巡査가/ 왔다 —— 갔다 ——/ 오르명 내리명 분주히 하는데/ 발각도 안되고 무사히 건넜을까?/ 소금실이 밀수출密輸出 마차를 띄워 놓고/ 밤새 가며 속태우는 젊은 아낙네,/ 물레 젓던 손도 맥이 풀려서/ '파!' 하고 붙는 어유魚油 등잔만 바라본다./ 북국北國의 겨울 밤은 차차 깊어 가는데."(「국경의 밤—제1부 1장」)

아버지의 삶과 죽음을 묘사한 「풀벌레 소리 가득 차 있었다」의 2연은, 이 같은 맥락을 참조해서 해석할 때 쉽게 이해된다. 아버지는 노령 등 국경을 넘나드는 위험과 고난을 무릅쓰고 가족을 부양했다는 것과, 우라지오와 그 일대의 아무을만이나 니코리스크까지를 오갔던 그의 삶이 파선처럼 부서지고 냉혹했다는 것과, 그곳 어딘가에서 아들딸에게 유언 한마디 남길 겨를도 없이 급작스럽게 돌아가셨다는 것을 말해준다. 그리고 또다른 시들을 참조해볼 때 아버지가 객사한 곳은 우라지오 근처로 추측된다.

> 어머니는 얼어붙은 우라지오의 바다를/ 채쭉쳐• 달리는 이즈보즈의 마차•며 트로이카•며/ 좋은 하늘 못 보고/ 타향서 돌아가신 아버지의 이야길 하시고
>
> —「우리의 거리」 부분

> 드나드는 배 하나 없는 지금/ 부두에 호젓 선 나는 멧비둘기 아니건만/ 날고 싶어 날고 싶어/ 머리에 어슴푸레 그리어진 그곳/ 우라지오의 바다는 얼음이 두텁다// (중략) 가도오도 못할 우라지오
>
> —「우라지오 가까운 항구에서」 부분

채쭉쳐 채찍을 쳐서.
이즈보즈의 마차 마차의 종류의 추정됨.
트로이카 세 필의 말이 끄는 썰매.

「우라지오 가까운 항구에서」의 "가도오도 못할 우라지오"라는 구절은 주목을 요한다. 우라지오는 한때 아버지 삶의 터전으로서 시인의 어두운 가족사가 드리워진 곳이다. 실제로도 이곳은 일제강점기에 나라 밖을 떠돌던 우리 민족의 현실을 단적으로 보여주는 곳이었다. 특히 우라지오 한인촌은 일제강점기 러시아 지역 항일독립운동의 총본산지였고, 1919년 3월 우라지오에서 가까운 니코리스크에서는 만세운동도 있었다. 그런 의미에서 「우리의 거리」에서 '좋은 하늘'은 해방된 조국의 하늘을 의미한다.

풀벌레 소리와 울음소리

3연에서는 아버지의 임종 장면을 회상한다. "피지 못한 꿈의 꽃봉오리"는 아버지가 노령을 넘나들며 품었던 꿈과 그 좌절을 드러내는 것일 게다. 다시 뜨시지 않는 '두 눈'이나 얼음장에 누우신 듯 식어가는 '손발', 심장의 영원한 정지를 알려주는 죽은 '입술' 등은 아버지의 주검에 대한 제유적 표현•이다. 특히 '때늦은 의원'이나 '이웃 늙은이'는 아버지가 적절한 치료조차 받아보지 못한 채 객사하였음을, '얼음장'이나 '눈雪 빛 무명(천)'은 아버지의 죽음이 쓸쓸한 냉기를 품고 있었음을 부각시키는 시어들이다.

제유법 비유법 중에서 사물의 명칭을 직접 쓰지 않고 사물의 일부분이나 특징으로 전체를 나타내는 방법을 일컬어 대유법代喩法이라 하는데, 여기에는 환유법換喩法과 제유법이 있다. 제유법은 같은 종류의 사물 중에서 어느 한 부분을 들어 전체를 나타내는 방법이다.

'최후 최후의 밤'(교과서에 따라 '최후의 밤'이라고 표기되어 있기도 하나 원문은 '최후 최후의 밤'이다)을 울리는 '있는 대로의 울음'과 '풀벌레 소리'는 가득 차면서도 텅 빈, 시끄러우면서도 고요한, 뜨거우면서도 서늘한 역설적인 이미지를 자아낸다. '있는 대로의 울음'이 아버지의 쓸쓸한 주검을 맞이한 가족들의 비통한 슬픔을 드러내준다면, 시의 배면에 깔리는 '풀벌레 소리'는 그 비통한 울음소리를 서정적으로 객관화시키고 있다. 1연의 풀벌레 소리가 아버지의 죽음이 외롭고 허망하고 쓸쓸했음을 강조하고 있다면, 4연의 울음과 뒤섞인 풀벌레 소리는 아버지를 잃은 화자의 막막한 심정을 강조하고 있다. 이 울음소리와 풀벌레 소리는, 그의 다른 시 "단오도 설도 아닌 풀벌레 우는 가을철/ 단 하루/ 아버지의 제삿날만 일을 쉬고/ 어른처럼 곡을 했다"(「다리 우에서」)와 같은 구절로도 변형되는데, 이 서정적인 '풀벌레 소리'에 의해 시인의 비극적 체험은 일제강점기 유이민의 보편적인 삶으로 시의 공감대가 확산되고 있다.

그리고 여기,
연작시 형식의 상호텍스트적 맥락

시집 한 권이 넘는 분량의 연작시를 통해 「몸시詩」를 완성해가고 있는 정진규(1939~) 시인이 있다. 「몸시詩」 연작시들 사이에서 발생하는 상호텍스트적 맥락은 이용악 시인의 시만큼 깊지는 않다. 그러나 「몸시詩」 연작시들은 생명과 욕망의 근원으로서 '몸'의 가치와 의미를 재조명하고 있으며, 몸의 생태학적 상상력이라는 범주 안에서 해석된다는 점에서 상호텍스트적 맥락을 형성할 수밖에 없다. 「몸시詩·32-풀잎」은 '내'가 '그들'에게 먹히고, '풀잎'이 '작두'에 먹히고, '아버지'가 '나(우리)'에게 먹히는 세 층위를 나란히 놓고 있다. 먹는 행위를 먹히는 행위로 뒤집어놓고 있다. 자연의 먹이사슬이 그러하듯, 먹은 자가 다시 먹히기도 해야 세상은 잘 돌아갈 것이다. 무엇인가를 먹은 우리는 무엇인가에게 먹힐 수밖에 없는 운명이다.

'먹힌다'는 것은 나를 내놓는다는 것이다. 나를 모두 포기하는 것이다. '먹힌다'는 것의 긍정성과 능동성이다. 그러므로 이 시는 무한하게 주는 사랑, 그 희생적인 것의 가치와 의미를 부여하고 있는 시이다. 그러니 맛있게 먹히는 모든 것들이 '풀잎'이고, 먹혀줘서 고마운 모든 것들이 '풀잎'이다. 시인도 먹히고 풀잎도 먹히고 아버지도 먹히고, 그렇게 우리 모두는 누군가에게 먹히는 존재들이다. 우리가 그런 '풀잎' 같은 존재들이라면 우리 모두는 서로에게 맛있고 고마운 존재들이 될 것이다. 그러니 화자인 '나'는 시인이기도 하고 풀잎이기도 할 것이다. '몸'의 실체라는 점에서 동일

하기 때문이다.

내가 그들을 먹은 게 아니라
그들이 나를 먹었다
기쁘다!
먹힐 수 있음의 기쁨을 아느냐
오랜만에 나는 아주 잘 먹혔다

나는 요즈음 먹힌다 이렇게
어딜 가서나 먹힌다 누구에게나
내가 참 맛있게는 되었나 보다
소여물을 썰면서
작두에 풀을 먹이면서
아버지는
풀잎이 잘 먹힌다고 하셨다
고마우신 아버지
맛있는 아버지
고마우신 풀잎!

—정진규, 「몸시詩 · 32 – 풀잎」 (『몸시詩』 수록, 세계사, 1994)

나비의 '허리'를 보다!

김기림「바다와 나비」

—

송찬호「나비」

김 기 림

본명 김인손, 호는 편석촌. 1908년 함경북도 학성에서 태어났다. 보성고보와 일본 니혼 대학을 거쳐 도호쿠 제국대학을 졸업했다. 조선일보에 시 「가거라 새로운 생활로」를 발표하며 작품활동을 시작했다. 이상, 이효석, 박태원 등과 함께 '구인회'를 결성하여 동인으로 활동했다. 이때부터 본격적으로 시를 쓰기 시작하여 1936년 첫 시집 『기상도』를 시작으로 『태양의 풍속』 『바다와 나비』 등의 시집을 펴냈다. 6·25 때 납북되었다.

송 찬 호

1959년 충북 보은에서 태어났다. 경북대 독문학과를 졸업했으며, 1987년 『우리 시대의 문학』 6호에 「금호강」「변비」 등을 발표하면서 시단에 나왔다. 시집으로 『흙은 사각형의 기억을 갖고 있다』『10년 동안의 빈 의자』『붉은 눈, 동백』『고양이가 돌아오는 저녁』이 있다.

::

영화 〈일 포스티노〉는 시가 뭔지 전혀 모르는 주인공 마리오가 시에 눈을 떠가는 과정을 보여준다. 이 영화는 세계적인 시인 파블로 네루다●가 이탈리아의 작은 섬으로 망명을 오면서 시작된다. 어느 날, 우편배달부 청년 마리오가 묻는다. 시가 뭐냐고…… 네루다가 대답한다. "메타포(은유)!" 그리고 덧붙인다. "은유란, 뭐랄까, 말하고자 하는 것을 다른 것과 비교하는 거야."

네루다의 말처럼 시는 은유로부터 출발한다. 낯익은 것들을 새롭게 인식하는 시적 발견, 그 비밀 무기로서의 은유! 은유가 돋보이는 시 한 편을 보자.

> 아무도 그에게 수심水深을 일러준 일이 없기에
> 흰나비는 도무지 바다가 무섭지 않다.
>
> 청靑무우밭인가 해서 내려갔다가는
> 어린 날개가 물결에 절어서
> 공주처럼 지쳐서 돌아온다.

네루다 칠레의 시인으로 1971년 노벨문학상을 수상하였다. 격렬한 사랑시에서부터 라틴아메리카의 역사와 정치를 다룬 서사시에 이르기까지 환상적이고 역동적인 시를 썼다. 40여 권의 시집을 출간하였다.

> 삼월三月달 바다가 꽃이 피지 않아서 서글픈
>
> 나비 허리에 새파란 초생달이 시리다.
>
> — 김기림, 「바다와 나비」(『여성』 발표, 1939.)

'나비'는 왜 '바다'로 갔을까

「바다와 나비」는, 1930년대 한국 문단의 모더니즘을 주도하면서 서구문명 지향의 '새로운 생활'을 동경하였던 김기림(1908~?) 시인의 대표작이다. 이미지를 중시한 1930년대 모더니스트의 시답게 '흰나비'와 '청무우밭', '초생달'과 삼월의 '바다'가 대비를 이루는 흰색과 청색의 시각적 이미지가 선명하다.

사실 흰나비는 청산이라면 몰라도 바다와는 어울리지 않는다. 한데 이 시에서 흰나비는 수심조차 알 수 없는 바다와 대면하고 있다. 이 시의 새로움은 여기에서부터 발생한다. 끝 모를 바다에 비해 흰나비는 얼마나 작고 여리고 가냘픈가. 이 나비는 바다를 본 적이 없다. 수심이라든가 물살에 대해 들은 적도 없다. 그런 나비에게 푸르게 펼쳐진 것이란 모두 청무밭이고, 그렇게 푸른 것들은 무꽃을 피워야 마땅할 것이다. 이는 흰나비가 삼월의 푸른 바다를 청무밭인 줄 아는 까닭이고, 그 바다에서 무꽃을 꿈꾸는 까닭이다.

그러나 바다는 청무밭이 아니고 파도의 포말*은 무꽃이 아니라서, 새파란 바다에 내려앉은 흰나비는 날개만 '절' 뿐이다. 그리고 나비는 공주처럼 지쳐 돌아온다. 삼월의 바다가 푸르긴 해도 바다는 꽃을 피우지 않는다는 걸, 그러니까 바다가 청무밭이 아니고 푸른 게 모두 청무밭이 아니라는 걸 깨달은 나비! 그 흰나비의 허리에 새파란 초승달이 걸려 있다. 이는 희망의 메시지일까, 절망의 메시지일까?

'나비'의 애매성과 아름다움

간결하고 선명한 시임에도 불구하고 2연의 "어린 날개가 물결에 절어서"와 "공주처럼 지쳐서 돌아온다", 그리고 3연의 "나비 허리에 새파란 초생달이 시리다"라는 구절은 애매하다. 먼저 "어린 날개가 물결에 절어서"라는 구절부터 살펴보자. '절다'라는 동사는, '무언가가 배어들거나 무언가에 의하여 영향을 받게 되다', 혹은 '걸을 때 기우뚱거리다'라는 뜻으로 쓰인다. 바다 물결과 그 짜디짠 소금기에 흰나비의 날개가 젖어서 절었을 수도 있고, 그래서 날개를 기우뚱하게 절 수도 있겠다.

포말 물거품.

그러면 왜 '공주처럼' 지친다고 했을까. 험난한 세상의 물정을 모르기로는 왕족이자 여성인 공주가 제격이다. 또한 흰나비의 우아한 날개는 공주가 입은 흰 드레스를 연상시킨다. 나비의 아름다운 비상飛翔을 공주의 우아한 춤으로 은유하고 싶었을까. 나비를 나비이게 하는 우아한 날개가 절게 될 때 나비는 존재 이유를 잃는다. 공주를 공주이게 하는 그 아름다운 드레스를 잃은 공주처럼. 그러니 '지쳐서 돌아올' 수밖에 없지 않을까?

이제 이 시의 아름다움이 집약된 "나비 허리에 새파란 초생달이 시리다"라는 구절을 살펴보자. 허공을 나는 것들에게는 날개가 중요하고, 땅을 걷는 것들에게는 허리가 중요하다. 그런데 허공을 가장 우아하게 나는 '나비'에게 '허리'라니! 허나 곰곰이 생각해보면 커다란 나비 날개를 추진하는 기관이 바로 가느다란 나비 몸이고, 몸의 중앙인 허리이기도 하다. 그러므로 바다로의 비상에 실패하고 '공주처럼 지쳐서' 뭍으로 돌아오는 '나비의 허리'는 상징적 의미가 깊다. 이제 흰나비는 무꽃 그늘을 노니는 그런 나비가 아니다. 짜디짠 바다의 깊이와 파도의 흔들림을 맛보았다면, 나비의 '허리'가 더욱 실해질 수도 있지 않을까? 새롭고 먼 곳을 향해 비상하다 날개가 절어본 적이 있기에 흰나비는 이제 땅을 밟을 수 있는 튼튼한 힘을 얻었으리라.

아울러 이 구절은 시의 이미지 면에서도 가장 집약적•이다. '어린' 나비나, 초사흘 달이라고도 하는 '초생'달은 모두 때가 이른 것들이다. 시작에 속한 것들이다. 큰 날개를 거느린 나비의 허리와, 저물녘 샛별과 함께 떴다 금세 사라져버리는 초승달은, 하얗고 기다랗고 가느다랗게 휘어 있다는 점에서 그 형태상 유사성을 지닌다. 새파란 바닷물에 전 나비의 허리가, 새파란 저녁 하늘에 떠 있는 초승달의 허리와 오버랩되는 아름다운 풍경이다. '꽃이 피지 않아서' '서글픈', 그리고 '새파래'서 '시린', 그런 풍경이다.•

그렇다면 이 시의 중심 이미지인 '바다'와 '나비'는 무엇에 대한 은유일까. '바다'가 냉혹한 현실이라면 '나비'는 순진한 꿈의 표상•이다. 꿈은 언제나 현실의 냉혹함을 모른 채 도전한다. 더 구체적으로는 근대 혹은 일제강점기라는 시대와 그 앞에서 좌절감을 느낄 수밖에 없었던 시인 스스로의 자화상을 바다와 나비로 은유하였을 것이다. 바다 위를 나는 나비의 모습에서, 근대 혹은 시대의 진앙을 향해 새파란 현해탄을 건넜을 1930년대 식민지 지식인들이 떠오르는 까닭이다.•

집약적 하나로 모아서 뭉뚱그리는. 또는 그런 것.
표상 대표로 삼을 만큼 상징적인 것. 본보기.

• 그러나 나비가 바다 위를 날지 않듯 나비는 저녁에 날지 않는다는 점에서 상상의 풍경이다. 어쩌면 저녁바다에 떠 있는 초승달에서, 청무밭을 나는 나비의 허리를 떠올렸던 것인지도 모른다.

• 무서운 아해와 무서워하는 아해가 뒤섞인 채 막다른 도로를 질주하는 이상의 '아해'와 김기림의 '나비'를 비교해보는 것도 재미있는 해석이 될 것이다.

현기증 나는 활주로의
최후의 절정에서 흰나비는
돌진●의 방향을 잊어버리고
피 묻은 육체의 파편들을 굽어본다.

기계처럼 작열한 작은 심장을 축일
한 모금 샘물도 없는 허망한 광장에서
어린 나비의 안막眼膜●을 차단하는 건
투명한 광선의 바다뿐이었기에.

— 김규동, 「나비와 광장」 부분 (『나비와 광장』 수록, 산호장, 1955)

앞으로도 저 강을 건너 산을 넘으려면 몇 '마일'은 더 날아야 한다. 이미 날개는 피에 젖을 대로 젖고 시린 바람이 자꾸 불어간다 목이 빠삭 말라버리고 숨결이 가쁜 여기는 아직도 싸늘한 적지敵地●.

벽, 벽…… 처음으로 나비는 벽이 무엇인가를 알며 피로 적신 날개를 가지고도 날아야만 했다. 바람은 다시 분다 얼마쯤 날으면 아방我方●의 따시하고 슬픈 철조망 속에 안길,

— 박봉우, 「나비와 철조망」 부분 (『문학예술』 발표, 1956)

돌진 세찬 기세로 거침없이 곧장 나아감.
안막 눈동자를 싸고 있는 얇은 막.

적지 적이 점령하거나 차지하고 있는 땅.
아방 우리 쪽 또는 우리 편의 사람.

김기림의 '바다'는 이후 우리 현대시에서 다채롭게 변용되었다. 김규동(1925~2011) 시인은 '광장'을 나는 '흰나비'를 통해 초토화된 6·25전쟁과 비인간화된 현대문명 속에서 방향을 상실한 우리들의 초상을 그려 보였다. 박봉우(1934~1990) 시인의 '철조망' 위를 나는 '나비'도 남과 북, 아군과 적군으로 나뉘어 분단현실의 '벽'을 넘어서지 못하는 우리의 자화상이다. 두 시 모두 1950년대의 시대현실을 '광장'과 '철조망'으로, 그러한 시대현실에 갇힌 인간 존재를 '나비'로 은유하고 있다.

> 아가는 밤마다 길을 떠난다
>
> 하늘하늘 밤의 어둠을 흔들면서
>
> 수면睡眠의 강을 건너
>
> 빛 뿌리는 기억의 들판을
>
> 출렁이는 내일의 바다를 날다가
>
> 깜깜한 절벽
>
> 헤어날 수 없는 미로迷路에 부딪히곤
>
> 까무라쳐 돌아온다
>
> —정한모, 「나비의 여행」 부분 (『사상계』 발표, 1965)

1960년대에 발표된 인용시에서 '나비'는 아가를 은유한다. 우리의 미래, 인간의 꿈을 대변하는 아가는 밤마다 길을 떠난다. 그러니까 정한모(1923~1991) 시인의 '나비'는 '밤'을 난다. 이 '밤'은 '수면의 강', '기억의 들판', '내일의 바다'를 아우르고 '깜깜한 절벽', '헤어날 수 없는 미로'로 변주된다. 밤의 나라에는 평화와 사랑을 은유하는 선한 꿈도 있겠지만 폭력과 죽음과 공포를 은유하는 악한 꿈이 더 지배적이다. 그러한 밤을 나는 '나비'는 피할 수 없는 악몽에 사로잡혀 있는 섬약•한 인간의 존재성 혹은 인간의 삶을 은유하고 있다. 희망과 동경을 품고 떠났다가 냉혹한 현실에 좌절하고 다시 돌아온다는 구조 또한 「바다와 나비」와 동일하다.

그리고 여기,
도시 한복판을 날아다니는 금속성의 나비

지금까지와는 전혀 다른 새로운 은유를 보여주는 송찬호(1959~) 시인의 「나비」가 있다. 오늘날 나비는 공주나 아가가 아니라, 금속성의 공격성을 지닌 '째크나이프'로 은유된다. 그리고 바다나 광장이나 휴전선(철조망)이나 밤이 아닌, 도시의 거리를 날아다닌다. 자본주의의 꽃인 '지갑'(돈)을 훔쳐내기 위해. 그것도 환한 대낮에. '째크나이프'의 날카로움과 섬뜩함으로 무장한 채 사람과 사람 사

섬약 가냘프고 약함.

이를 유유히 흘러다니는 소매치기로서의 나비! 21세기에 어울리는 탁월한 은유이다.

나비는 순식간에
째크나이프•처럼
날개를 접었다 펼쳤다

도대체 그에게는 삶에서의 도망이란 없다
다만 꽃에서 꽃으로
유유히 흘러 다닐 뿐인데,

수많은 눈이 지켜보는
환한 대낮에
나비는 꽃에서 지갑을 훔쳐내었다

—**송찬호, 「나비」(『고양이가 돌아오는 저녁』 수록, 문학과지성사, 2009)**

째끄나이프 잭나이프. 칼날을 접어 칼집에 넣을 수 있게 만든 주머니칼(휴대용칼).

‘샤갈의 마을’에 내리는 삼월의 눈

김춘수 「샤갈의 마을에 내리는 눈」

—

김혜순 「납작납작 ―박수근 화법을 위하여」

김 춘 수

1922년 경남 통영에 태어났다. 니혼 대학 예술학원 창작과에서 수학했다. 1945년 유치환, 윤이상, 김상옥 등과 ‘통영문학협회’를 결성하면서 본격적인 문학활동을 시작했고, 1948년 대구에서 발행되던 동인지 『죽순竹筍』에 「온실溫室」 외 1편을 발표하여 문단에 데뷔했다. 시집으로 『구름과 장미』 『늪』 『기』 『연인』 『부다페스트에서의 소녀의 죽음』 『타령조 기타』 『들림, 도스토예프스키』 『의자와 계단』 등이 있다. 경북대 교수를 역임했다. 2004년 작고했다.

김 혜 순

1955년 경북 울진에서 태어났다. 1979년 계간 『문학과지성』을 통해 등단했다. 건국대 국문과 및 동대학원을 졸업했다. 시집으로 『또다른 별에서』 『아버지가 세운 허수아비』 『어느 별의 지옥』 『우리들의 유화』 『나의 우파니샤드, 서울』 『불쌍한 사랑 기계』 『달력 공장 공장장님 보세요』 『한 잔의 붉은 거울』 『당신의 첫』 등이 있다. 서울예술대학 문예창작과 교수로 재직 중이다.

시는 꿈에 가깝다. 시는 늘 우리를 상상하게 하고 우리를 꿈꾸게 한다. 사물마저 꿈을 꾸고 있다고 믿는 자, 사물의 꿈까지를 읽어내는 자가 시인이 아니던가. 사물만 꿈을 꾸는 게 아니다. 언어는 물론 선이나 색깔도 꿈을 꾼다. 언어예술인 시가, 선과 색의 예술인 회화가 만났을 때 꿈으로서의 시적 상상력은 더욱 증폭된다.

'하나의 텍스트가 다른 텍스트들과 연결되는 상호관계'를 일컬어 상호텍스트성이라 한다는 것은 앞서 설명한 바 있다. 시에 끌어들인 시 이외에도 고전, 소설, 경전•, 영화, 드라마, 광고, 기사, 만화, 사진 등 실로 다양하다. 우리 현대시에도 회화를 대상으로 했거나 회화에서 시적 발상을 얻고 쓴 작품들이 많다. 김춘수(1922~2004) 시인의 「샤갈의 마을에 내리는 눈」이 그 대표적인 작품이다.

> 샤갈의 마을에는 삼월三月에 눈이 온다.
> 봄을 바라고 섰는 사나이의 관자놀이•에
> 새로 돋은 정맥靜脈이
> 바르르 떤다.

경전 성현이 지은, 또는 성현의 말이나 행실을 적은 책.

관자놀이 귀와 눈 사이의 맥박이 뛰는 곳.

바르르 떠는 사나이의 관자놀이에
새로 돋은 정맥靜脈을 어루만지며
눈은 수천수만數千數萬의 날개를 달고
하늘에서 내려와 샤갈의 마을의
지붕과 굴뚝을 덮는다.
삼월에 눈이 오면
샤갈의 마을의 쥐똥만한 겨울 열매들은
다시 올리브 빛으로 물이 들고
밤에 아낙들은
그해의 제일 아름다운 불을
아궁이에 지핀다.

— 김춘수, 「샤갈의 마을에 내리는 눈」(『김춘수 시선』 수록, 정음사, 1976)

김춘수가 샤갈을 만났을 때

사실 회화의 시각성과 시의 시각적 이미지는 서로 통하는 부분이 많다. 그래서인지 선과 색채의 시각적 질감은 곧잘 시의 시각적 이미지로 재창작되곤 한다. 회화의 제목, 소재나 주제는 물론, 화법畵法까지를 언어화함으로써 시의 시각성과 의미의 복합성에 기여하도록 한다. 샤갈, 고흐, 뭉크, 피카소, 달리, 마그리트를 비롯해 이중섭, 박수근, 김환기 등은 우리의 현대 시인들이 좋아하는 화가들이다. 김춘수 시인은 새로운 시를 쓰기 위해 회화(형식)를 끌어들여 시의 언어로 재창조해내곤 했다. 그는 특히 샤갈, 달리, 루오, 이중섭의 회화와 그들의 예술정신을 좋아했다.

샤갈Marc Chagall, 1887~1985의 회화는 '신비한 마술의 창조물', '꿈의 공간', '꿈의 등가물•'로 평가되어왔다. 러시아 서부의 작은 도시에서 태어난 샤갈은 이십대 초반에 고향을 떠나 줄곧 프랑스, 독일, 미국 등을 떠돌며 살았다. 그는 혁명과 전쟁, 사랑과 이별, 결혼과 여행으로 이어지는 파란만장한 인생을 자유롭게 그러나 고독하게 살았다. 그의 회화는 이 같은 삶의 여정과 무관하지 않다. 현실에 안착하지 못하는 이방인으로서 겪는 동요와 동경을 낭만적 향수, 동화적 환상으로 그려냈던 것이다.

샤갈의 회화에 드러난 무의식 혹은 초현실적 요소에 주목하여 김춘수 시인은 자신만의 개성적인 '무의미시론'을 더욱 구체화시켰다. 시 쓰기란 무의식이나 꿈의 행위에 가깝다는 것, 현실 이면의 초현실 혹은 비현실을 이끌어낸다는 것, 의미를 해체하여 무의미의 자유를 지향하는 것이라는 게 무의미시론의 핵심이다. 현실 너머 꿈의 세계를 지향하는 샤갈의 회화에 의지해 의식, 현실, 의미의

등가물 값이나 가치가 같은 물건.

 세계로부터 벗어나고자 한 셈이다.

'샤갈의 마을'은 어디에?

시를 보자. 제목을 포함해 세 번에 걸쳐 반복되는 '샤갈의 마을'은 쉽게 그려지지 않는다. 삼월과 눈, 사나이와 아낙, 관자놀이와 정맥, 올리브 빛과 불(빛) 등이 어떤 관계를 이루는지도 애매하다. 단지 '샤갈'이라는 이름을 반복하고 있어 샤갈(의 회화)과 관련이 있음을 짐작할 뿐 그 시적 의미를 찾아내기도 쉽지 않다. 그러나 다행스럽게 다른 글을 통해 시인은 이 시의 창작 동기를 밝힌 바 있다.

> 나는 반쯤 졸음에 취한 기분으로 언젠가 본 샤갈의 〈마을〉이라는 화제畵題의 그림을 생각하고 있었다. 그러다 내 머릿속을 한순간 「샤갈의 마을」이라고 하는 하나의 이미지가 스쳐갔다. 시가 한 편 씌어질 것 같은 기분이었다. 이리하여 한 2, 3일을 만지작거리다가 이 시가 완성된 것이다. 샤갈의 그림인 〈마을〉에서 특히 인상 깊었던 것은, 커다란 당나귀의 눈망울이었고 그 당나귀의 눈망울 속에 들어앉아 있는 마을이었다. 그리고 그 환상적인 색채가 또한 인상적이었다.*

「샤갈의 마을에 내리는 눈」이 샤갈의 그림 〈나와 마을〉을 보다

* 김춘수, 「샤갈의 마을에 내리는 눈」, 『시와 시인의 말』, 창우사, 1986. 〈나와 마을〉을 〈마을〉로 착각한 듯하다.

가 착안하였음을, '당나귀의 눈망울'(흰 암소를 당나귀로 본 듯하다!)과 그 속에 들어앉은 '마을'의 환상적인 색채가 시 창작의 직접적인 동기로 작용하였음을 고백하고 있다.

마르크 샤갈, 〈나와 마을〉(1911)

샤갈 스스로도 이 그림에 대해 "나의 고향 마을은 암소의 얼굴로 상기된다. 인간에게 순응하는 듯한 암소의 눈과 나의 눈이 합해지고 있다"• 라고 밝힌 바 있듯, 〈나와 마을〉의 양편에 위치한 흰 암소와 올리브빛 사내는 서로를 마주보고 있다. 대각의 × 구도와 중앙의 ○선 구도, 붉은색(불빛)과 초록색(올리브 빛)의 대비가 두드러진다.

그림을 보자. ／으로 나뉜 오른쪽 하단부의 '올리브빛 사나이'가 샤갈 자신의 현재를 형상화하고 있다면, 왼쪽 상단부의 '흰 암소'는 유년의 근원적 상징으로서 환상적인 과거의 단편들을 거느리고 있다. 녹색과 모자와 각진 윤곽선에 의해 사나이는 한껏 남성화되어 있으며, 분홍색을 바탕으로 젖을 짜는 여인과 맑고 큰 눈망울에 의해 흰 소는 한껏 여성화되어 있다(흰 소를 굳이 '암소'라 하는 까닭이다!).

• 『서양미술전집 샤갈』, 한국일보사, 1972.

하늘을 날듯 일하러 나가는 젊은 부부, 비밀상자처럼 뒤집힌 농가들, 소의 젖을 짜는 아낙, 하늘과 구름과 교회와 십자가와 같은 기억의 단편들이 자유롭게 펼쳐져 유년의 몽상• 성을 강조하고 있다. 특히 사나이가 들고 있는 환상적인 나무는 현재의 몽상성을 강조한다. 이 몽상적 이미지에 의해 여성, 남성의 이분법적 구도는 약화되고 있다. 또한 각 단편들을 하나로 엮고 있는 중앙의 ㅇ선, 중앙에서 마주치는 암소와 사나이의 시선, 사방을 향하고 있는 사람들의 동적인 움직임들 또한 사나이/암소, 남성/여성, 현재/과거의 경계를 넘어서는 역동적 이미지를 자아낸다.

타국을 떠돌던 샤갈에게 마음속에 살아 있던 유년의 고향 마을은 잃어버린 환상 그 자체였을 것이다. 샤갈은 그 잃어버린 환상을 〈나와 마을〉에서 구현했다. 그리고 김춘수는 「샤갈의 마을에 내리는 눈」에서 샤갈 풍의 이상향을 김춘수 풍의 이상향으로 재구현하고자 했던 것이다.

초超현실• 혹은 무無의미가 생성되는 지점

김춘수 시인이 샤갈의 회화에서 보았던 것은 이러한 환상적 요소였다. 시인은 먼저 '삼월'과 '눈'을 결합시켜 '삼월에 내리는 눈'

몽상 실현성이 없는 헛된 생각을 함. 또는 그 생각.

으로 새롭게 이미지화한다. 서로 상반되는 듯한 두 이미지의 결합은 봄과 겨울이 공존함으로써, 행복하면서 불안하고, 풍요로우면서 긴장된 환상세계로의 진입을 유도한다. 봄이 다가오고 있는데 눈이 내리는 아이로니컬•한 정경이 한 사나이의 마음에 동요•를 일으킨 것이고, '바르르 떠는' 이 동요가 바로 이 시의 원동력이 되고 있다. 또한 이 동요는 사나이의 관자놀이에 새로 돋는 생명력을 암시하는 '정맥'과, 그해 제일 아름다운 아궁이의 '불'로 수렴된다. 회화 속의 흰 암소, 올리브 빛 남자, 환상적인 나무들이 시에서는 각각 삼월에 내리는 '눈', 사나이의 관자놀이에 돋는 '정맥', 올리브 빛으로 물이 드는 '쥐똥만한 겨울 열매'의 이미지로 새롭게 창조되고 있다.

샤갈이 올리브 빛 남자에 스스로를 투사•했듯, 김춘수도 '봄을 바라고 섰는 사나이'에 스스로를 투사한다. 회화 속의 사나이가 '암소'를 통해 행복했던 유년의 공간을 떠올리듯, 시 속의 사나이 또한 '삼월에 내리는 눈'을 통해 자신이 꿈꾸는 환상적인 공간을 꿈꾸고 있다. 푸른 '정맥'과 아궁이에 지피는 '불'의 이미지는, 봄을 바라고 섰는 '사나이'와 불을 지피는 '아낙'과의 사랑에 대한 은유인바 이 시의 핵심 이미지를 이룬다.

이렇듯 샤갈의 화폭 속에 담긴 '샤갈의 마을'을, 김춘수 시인은

초현실주의 surrealism, 超現實主義 무의식의 세계와 비합리적 인간의 인식 등을 탐구하여 표현의 혁신을 추구한 1920년 중반에 일어난 예술 운동을 이르는 말이다. 문학의 경우, 일체의 선입견과 논리와 도덕이 배제된 상태에서 의식 속에 숨어 있는 비현실의 세계를 자동기술법 등과 같은 수법으로 표현하고자 하였다.

아이로니컬 반어적임. 비꼬임. 풍자적임.
동요 생각이나 처지가 확고하지 못하고 흔들림.
투사 어떤 상황이나 자극에 대한 해석, 판단, 표현 따위에 심리 상태나 성격이 반영되는 일.

시를 통해 '김춘수의 마을'로 그려내고 있다. 샤갈의 회화와 상호텍스트적 맥락 속에서 읽었을 때 애매했던 삼월과 눈, 사나이와 아낙, 관자놀이와 정맥, 올리브 빛과 불(빛) 등에 대한 해석의 실마리가 풀린다. 환상적으로 구성된 회화적 이미지를 창조적으로 재형상화함으로써 김춘수 시의 초현실 혹은 무의미적 요소가 증대되는 것이다.

그리고 여기,
박수근 화법으로 그린 납작납작한 시의 풍경

회화와의 상호텍스트적 맥락 속에서 또 다르게 초현실적인 풍경을 구현하고 있는 시가 있다. 김혜순(1955~) 시인의 「납작납작—박수근 화법을 위하여」라는 시이다. 부제에서 밝히고 있듯, 박수근• 의 회화를 떠올리며 읽었을 때 해석의 단서를 얻을 수 있다. "드문드문 세상을 끊어내어/ 한 며칠 눌렀다가"나 "피도 눈물도 없이 바짝 마르기"에서는, 물감을 두껍게 덧칠하고 말리기를 거듭해 나무껍질처럼 투박하면서도 거친 느낌을 살린 박수근만의 독특한 화법이 묻어난다. 박수근이 즐겨 그렸던 짓눌리고 마른 척박한 삶의 모습까지도 떠오른다. "납작하게 뻗어 있다"나 "펄렁펄렁"도 종잇장처럼 부피감이나 입체감을 제거해버린 박수근 회화의 평면적 형태

박수근 서양화가. 독학으로 미술을 공부하여 1932년에 조선 미술 전람회에 입선, 1953년에 국전에 특선, 1962년부터는 국전 심사위원이 되었다. 그는 잿빛을 띤 흰색을 주로 하여 생활 주변의 풍정을 그렸는데 굵은 선으로 소박하게 그려 한국 서민의 정서를 잘 표현하였다.

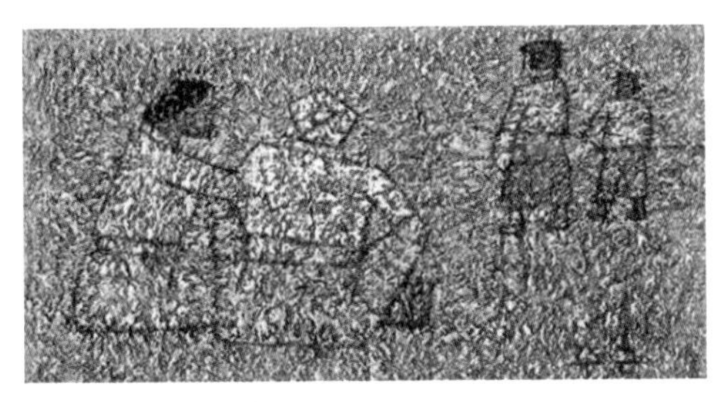

박수근, 〈노상路上〉(1962)

와 질감을 나타내는 구절이다.

"흰 하늘과 쭈그린 아낙네"나 "여편네와 아이들"과 같은 시어에서는 박수근 회화의 소재적 특징이 떠오른다. 시장에서 좌판을 벌여놓고, 길거리에서 쉬며, 빨래터에서 빨래를 하며, 그늘에서 수다를 떨며 '쭈그려' 앉은 자세야말로 박수근이 즐겨 포착했던 가난과 여유, 소박함과 고달픔이 밴 우리 삶의 형태이기도 하다. 특히 '드문드문', '납작납작', '서성서성', '슬그머니', '펄렁펄렁'과 같은 부사는 박수근 회화의 기법적 특징과 소재적 특징을 아우르는 시적 표현들이라 할 수 있겠다.

드문드문 세상을 끊어내어
한 며칠 눌렀다가
벽에 걸어 놓고 바라본다.
흰 하늘과 쭈그린 아낙네 둘이
벽 위에 납작하게 뻗어 있다.
가끔 심심하면
여편네와 아이들도
한 며칠 눌렀다가 벽에 붙여놓고
하나님 보시기 어떻습니까?
조심스럽게 물어본다.
발바닥도 없이 서성서성.
입술도 없이 슬그머니.
표정도 없이 슬그머니.
그렇게 웃고 나서
피도 눈물도 없이 바짝 마르기.
그리곤 드디어 납작해진
천지 만물을 한 줄에 꿰어놓고
가이없이 한없이 펄렁 펄렁.
하나님, 보시니 마땅합니까?

—김혜순, 「납작납작—박수근 화법을 위하여」

(『또다른 별에서』 수록, 문학과지성사, 1981)

4

시의 여백과 미의식

유리창에 어른거리는 '차고 슬픈 것'의 정체

정지용 「유리창 1」

—

김현승 「눈물」

정 지 용

1902년 충북 옥천에서 태어났다. 휘문고등보통학교를 거쳐, 일본 도시샤 대학 영문과를 졸업했다. 1926년 6월 유학생 잡지인 『학조學潮』에 시 「카페 프란스」 등을 발표하며 작품활동을 시작했다. 박용철, 김영랑 등과 '시문학' 동인으로 활동하였으며 『가톨릭 청년』 편집고문으로 있으면서 이상李箱의 시를 세상에 알리기도 했다. 시집으로 『정지용 시집』 『백록담』 『지용시선』 등이 있다. 1950년 전쟁 속에 납(월)북 중 폭사한 것으로 알려졌다.

김 현 승

호는 다형. 1913년 광주에서 태어났다. 숭실전문학교에서 수학하였다. 1934년 동아일보에 「쓸쓸한 겨울 저녁이 올 때」를 발표하며 작품활동을 시작했다. 시집으로 『김현승 시초』 『김현승 시전집』 『옹호자擁護者의 노래』 『견고한 고독』 『절대고독』 등이 있다. 조선대와 숭실대 교수를 역임했다. 1975년 작고했다.

시는 겉으로 드러난 축어적(외연적) 의미와, 그 축어적 의미가 숨기고 있는 함축적(내포적) 의미로 이루어져 있다. 시 읽기가 쉽지 않은 것은 그 숨겨진 의미를 독자 스스로 찾아 읽어야 하기 때문이다. 시는 에둘러 말하는 것이고 비유하는 것이고 말하지 않는 것을 말하는 것이라고 할 때, 그것은 하나같이 시는 함축적 의미를 지니고 있음을 전제로 하는 말들이다.

그러므로 시를 읽는다는 것은 그 함축적 의미를 읽어낸다는 것이다. 시를 잘 읽는 방법 하나! 시를 읽으면서 떠오르는 의문들을 정리해보자. 의문이 많은 독자일수록 시를 좋아하게 될 가능성이 크다. 그 의문들이 시의 함축적 의미를 찾아가는 지도의 역할을 해줄 때 시의 숨겨진 의미는 보다 쉽게 열릴 것이다. 정지용(1902~1950) 시인의 「유리창 1」은 그 함축적 의미를 꼼꼼하게 따져가며 읽어야 하는 시이다.

축어적逐語的 글을 해석하거나 번역할 때 원문의 글자 하나하나를 좇아 그대로 하는 것을 말한다. 말 그대로. 표현 그대로. 그러나 사전에 '축어적'이란 말은 등재되어 있지 않다. 사전적 의미로는 '축자적逐字的'이 맞다.

함축적含蓄的 품고 머금는다는 뜻의 함含자와 모으고 쌓아 두다는 뜻의 축蓄자가 모여 만들어진 한자어로, 말이나 글이 표면적으로 나타난 것 이외의 뜻을 그 속에 담고 있다는 표현이다. 주로 짧은 말이나 글 따위에 많은 내용이 집약적으로 간직되어 있음을 뜻한다.

유리琉璃에 차고 슬픈 것이 어른거린다.

열없이• 붙어 서서 입김을 흐리우니

길들은 양 언 날개를 파닥거린다.

지우고 보고 지우고 보아도

새까만 밤이 밀려나가고 밀려와 부딪히고,

물먹은 별이, 반짝, 보석寶石처럼 박힌다.

밤에 홀로 유리琉璃를 닦는 것은

외로운 황홀한 심사이어니,

고운 폐혈관이 찢어진 채로

아아, 늬•는 산山새처럼 날아갔구나!

—정지용, 「유리창 1」(『조선지광』 발표, 1930)

「유리창 1」을 읽으면서 어떤 의문들이 떠올랐는가? 다음 같은 의문들이 나왔다면 꼼꼼한 1차 시 읽기를 한 셈이다. 첫째, 유리에 어른거리는 '차고 슬픈 것'이 무얼까. 둘째, 왜 '물먹은 별'이라 했을까. 셋째, 왜 하필 '고운 폐혈관'이 찢어진 채 날아갔다고 했을까. 넷째, '늬(너)'는 누구일까. 다섯째, 시의 제목을 왜 '유리창'이라 했을까.

열없이 좀 겸연쩍고 부끄럽게.
늬 너.

「유리창 1」을 읽은 후 가장 먼저 떠오르는 장면은, 겨울밤 방 안에서 누군가가 유리창에 붙어 선 채 입김을 내뿜으며 유리창 밖을 응시하는 상황이다. 정지용의 시에는 '창'이나 '문'이 자주 등장한다. 주로 시의 화자가 창 혹은 문을 경계로 안에서 밖을 바라보는 상황들인데, 이러한 시적 상황은 안/밖, 덥다/차갑다, 좁다/넓다(멀다), 갑갑하다/막막하다 등의 대비적 구조를 형성한다. 아무튼 밖을 바라다보는 그 응시는 밖과 소통하려는 화자의 열망을 담고 있을 때가 많다. 잘 알려진 그의 다른 시 "문 열자 선뜻!/ 먼 산이 이마에 차라"로 시작하는 「춘설春雪」은 창 대신 문으로 변용된 경우다.

1연부터 보자. 유리(창)에는 '차고 슬픈 것'이 어른거린다. 그것은 화자로 하여금 유리창 안에서 유리창 밖을 응시하도록 하는 외부의 자극이자, '안으로 열熱하고 겉으로 서늘옵기'•를 지향하는 시인의 시 정신이 상상력을 펼치기 시작하는 출발점이다. '차고 슬픈 것'은 3행의 "길들은 양 언 날개를 파닥거리"는 모습으로 구체화된다. '길들은'과 날개가 '얼어' 있다는 것을 연결시켜 상상해보면, 친한 듯 반갑게 그러나 힘겹게 날개를 파닥거리는 '차고 슬픈 것'의 모습이 떠오른다. 유리창 안에 있는 사람이 마치 유리창 밖의 '차고 슬픈 것'을 길들였던 사람인양, '차고 슬픈 것'은 유리창 안

• 이러한 안/밖의 대비적 구조는 그의 산문 「시의 위의威儀」에서 "안으로 열熱하고 겉으로 서늘옵기란 일종의 생리를 압복壓伏시키는 노릇이기에 심히 어렵다. 그러나, 시의 위의威儀는 겉으로 서늘옵기를 바라서 마지 않는다"라는 구절에서도 잘 드러난다. 열熱하게 들끓는 내면을, 지적 절제를 근간으로 서늘하게 감각화시키고자 하는 정지용 시인의 시 정신을 '서늘옴'의 시학이라 명명할 수 있겠다.

으로 들어오고 싶은 듯하다. 창밖의 '차고 슬픈 것'의 파닥거림이 더욱 안타까운 까닭이다.

'외로운 황홀한 심사'

안타깝고 슬프기로는 그런 파닥거림을 바라보는 유리창 안의 화자도 마찬가지다. 한겨울밤의 유리창 안을 상상해보라. 밖은 어둡고 안은 밝다. 안팎의 기온차에 의해 유리창에는 뿌옇게 습기가 맺혀 있을 것이다. 어쩌면 그 뿌연 습기가 얼어 얇은 성에가 되었을지도 모른다. 창밖을 보려면 습기든 성에든 그런 것들을 닦고 봐야 할 것이다.

2행의 "열없이 붙어 서서 입김을 흐리우"는 행위는, 차가운 유리창에 오래 붙어 서 있어서 유리창에 입김이 서린 것일 수도 있고, 창밖을 자세히 보기 위해 유리창을 닦으려고 입김을 부는 것일 수도 있다. 어쨌든 화자는 유리창에 어른거리는 '차고 슬픈 것'을 좀 더 자세히 보려고 유리창을 "지우고 보고 지우고 보"고 있다. 밤에 홀로 유리를 닦는 '외로운 황홀한 심사'에서 '황홀'의 사전적 정의가 "(눈이 부시어 어릿어릿할 정도로) 찬란하거나 화려함"만이 아니라 "어떤 사물에 마음이나 시선이 혹하여 달뜸", "미묘하여 헤아려 알기 어려움", "흐릿하여 분명하지 아니함"이라는 의미를 내포하고 있기 때문에 "지우고 보고 지우고 보"는 화자의 행위에서는 뭔가를 잃어버린 듯한 어떤 쓸쓸함, 무언가를 찾는 듯한 어떤 절박함이 느껴진다. 손바닥으로 뿌연 입김을 지우고 보면 밤은 더욱 새까맣게 보이고 새까만 밤하늘에서 별은 더욱 반짝인다. 별의 반짝임이 '차고 슬픈 것'의 파닥거림의 정체였을까? 어찌됐든 화자의 막막한 서글픔은 '물먹은 별'로 전이되어 '보석'으로 승화되고 있다.

"물먹은 별이, 반짝, 보석처럼 박힌다"라는 구절이 아름다운 이유는 시각과 촉각을 아우르는 감각적 표현 때문만은 아니다. 별을 바라보는 화자의 눈에 설핏 눈물이 맺혀 있기 때문인 듯도 하고, 입김이 서린 유리창을 통해 별을 보고 있기 때문인 듯도 하다. 또한 겨울밤의 별빛이란 게 애초 '차고 슬픈 것'이기 때문인 듯도 하다. 더불어, 쓸쓸함이든 절박함이든 시인의 안타까운 내면 상황과 높고 춥고 캄캄한 밤하늘의 외부 상황을 동시에 아우르고 있기 때문이기도 하다.

그 별빛이 영롱하고, 그 별빛이 영원한 상실과 맞닿아 있기에 보석처럼 '박힌다'고 했을 것이다. 특히 '유리'의 이미지가 더해져 '차고 슬픈 것'의 이미지는 더욱 강조된다. 화자는 이 '차고 슬픈 것'을 더욱 가까이 보기 위해 유리를 닦고 닦는 것이며 '홀로' 닦아야 마땅하다. 유리창에서 저 밤하늘의 별까지, 이처럼 만날 수 없는 거리에 있는 대상을 그리워하는 마음이야말로 '외로운 황홀한 심사'가 아니고 무엇이겠는가.

'아아'라는 감탄사가 말해주듯 마지막 두 행에서는 시인의 감정이 강하게 드러난다. 이 감탄사를 두고 정지용답지 않은 절제의 실패니 감정의 과다노출이니 한다면 어울리지 않는 지적이다. 오히려 '열熱한' 시인의 슬픈 내면을 '아아'라는 단 두 글자에 봉해버린 후 그 슬픔을 산새처럼 놓아주고 있는 듯도 하다. 가슴이나 마음을 떠올리게 하는 '폐혈관'이야말로 내부 중에서도 가장 안쪽의 내부다. 관계(길들임)의 내부이자 때 묻지 않은 '고운' 중심이다. 그런 '폐혈관'이 찢어졌다는 건 내부의 파열, 즉 관계의 파열을 의미한다. 길들여질 수 없는 '산새'처럼 '늬'는 날아가버린 것이다.

'차고 슬픈 것'과 '늬'의 정체는?

이 시 해석의 열쇠는 유리창에 어리는 '차고 슬픈 것'의 정체에 있다. 유리(창)에 어른거리는 '차고 슬픈 것'부터 생각해보자. 많은 참고서들이 '입김'으로 해석하고 있으며 한 연구자는 '성에'로 해석하기도 한다. 하지만 '창밖의 어떤 움직임 혹은 기운' 쯤으로

넓게 해석하는 것이 좋겠다.

그리고, 나는 상상해본다. 유리창에 어른거리는 '차고 슬픈 것' 들을. 이를테면 유리창에 와 닿는 겨울 별빛이나 달빛을, 눈발이나 「유리창 2」에서처럼 '보랏빛 누뤼알(우박)'을, '겨울 별(빛)'이나 겨울바람에 날아온 '낙엽'을, 좀더 엉뚱하게는 다친 '겨울 나방'이나 '겨울 산새'를. 그것들이 다 아니어야 할 이유는 없다. 그 '차고 슬픈 것'이 '늬'를 떠올리게 하고 '늬'의 영혼이 깃든 것들이라면 그 무엇이어도 좋을 것이다.

그런 '늬'는 누구 혹은 무엇일까. 시인의 전기적 사실에 따르면 이 시는 폐렴으로 어린 아들을 잃고 썼다고 한다. 그런 사실을 염두에 두고 읽는다면 '늬'는 죽은 아들일 것이다. 그러나 숱한 참고서의 해설처럼 '늬' = '죽은 아들'이라는 해석은 지나치다. 이 시의 제재를 '유리창에 서린 입김', 주제를 '죽은 아이에 대한 그리움과 슬픔'이라고 '핵심정리'하는 것도 마찬가지다. '늬'는 관계를 맺었으되 지금은 부재하는 그 누구 혹은 그 무엇으로 확대해석되어야 마땅하다. 읽는 독자에 따라 자신이 사랑했던 그러나 지금은 잃어버린, 누구 혹은 무엇을 떠올리며 읽으면 족할 것이다.

어쨌든 유리창은 정지용 시인의 피부다. 그것도 내면의 피부이다. 부재하는 '늬'의 영혼이 다가와 어른거리고, 파닥거리고, 부딪치고, 박히는 마음의 피부인 것이다. 시의 제목이 내부의 상징인 '입김'이나 '폐혈관'도 아니고, 외부의 상징인 '언 날개'나 '산새' 혹은 '새까만 밤'이나 '물먹은 별'도 아닌, '유리창'인 이유도 여기에 있다. 안과 밖의 경계이자 '차고 슬픈 것'이 어른거릴 수 있는 유리창을 매개로, 창 안의 '입김'과 창밖의 '별' 사이의 그 멀고 먼 거리가 강조되고 있다. 삶과 죽음의 거리만큼, 다가갈 수도 만질 수도 없이 멀리 있는 '늬'의 부재를 섬세하고 절실하게 포착하고 있는 시이다.

그리고 여기,
슬픔을 승화시키는 눈물의 의미

역시 어린 아들을 잃고 그 슬픔을 기독교 신앙으로 승화시켜 쓴 작품이 있다. 김현승(1913~1975) 시인의 「눈물」이다. 그의 시에서 '눈물'은 기쁨, 감사, 황홀의 긍정적인 이미지로 구현되곤 하는데, 종교적 상상력에서 우러나오는 시적 표상으로서 '자기정화淨化●' 라는 강한 상징성을 띤다. 1연은 성경 구절●에서 끌어오고 있다. 시인 스스로도 이 시의 주제에 대해 "인간이 신 앞에 드릴 것이 있다면 그 무엇이겠는가. 그것은 변하기 쉬운 웃음이 아니다. 이 지

자기정화 마음속에 억압된 감정의 응어리를 언어나 행동을 통하여 불순하거나 더러운 것을 깨끗하게 함.

● 신약성서 『마태복음』에 보면 "더러는 옥토에 떨어지매 혹 백 배, 혹 육십 배, 혹 삼십 배의 결실을 하였느니라"(13:8)라는 구절이 있다.

상에서 오직 썩지 않는 것이 있다면 그것은 신 앞에서 흘리는 눈물뿐일 것이다"라고 밝힌 바 있다. 슬픔의 상징인 '눈물'은 옥토에 떨어지는 작은 생명이며, 가장 진실한 순간 인간이 가진 것의 전부이고, 인간이 신 앞에 드릴 수 있는 것 중에서 가장 값지고 확실한 것이라는 메시지를 담고 있다.

특히 마지막 연에는 눈물의 역설적 의미가 담겨 있다. 그것도 가장 소중한 아들을 잃고 흘리는 눈물이라면? 그 눈물은 자신의 "가장 나아종 지니인 것"으로서, '꽃/열매' '웃음/눈물'의 대립 구조를 넘어서는 궁극의 가치를 지닌다. 꽃이 있기에 열매를 맺듯, 시인은 '웃음' 이후에 주시는 '눈물'이 생명을 거듭나게 하는 신의 은총과 같은 '열매'라고 여김으로써 슬픔을 극복하고자 한다. 눈물이 오직 인간에게만 주어진 신의 은총이라고 여김으로써 지극한 슬픔을 이겨내고자 하는 종교적인 승화의 의지를 엿볼 수 있는 작품이다.

더러는

옥토•에 떨어지는 작은 생명이고저……

흠도 티도,

금가지 않은

나의 전체全體는 오직 이뿐!

옥토 기름진 땅.

더욱 값진 것으로

드리라 하올 제,

나의 가장 나아종• 지니인• 것도 오직 이뿐!

아름다운 나무의 꽃이 시듦을 보시고

열매를 맺게 하신 당신은,

나의 웃음을 만드신 후에

새로이 나의 눈물을 지어주시다.

—**김현승, 「눈물」 (『김현승 시초』 수록, 문학사상사, 1957)**

나아종 나중.
지니인 지닌, 간직한.

구름에
달은
어떻게 가는가

박목월 「나그네」

김사인 「부뚜막에 쪼그려 수제비 뜨는 나어린 처녀의 외간 남자가 되어」

박 목 월

본명 박영종. 1916년 경남 고성에서 태어났다. 대구 계성중학교를 졸업했다. 1939년 정지용의 추천으로 『문장』에 「길처럼」을 발표하며 작품활동을 시작했다. 시집으로 『산도화』 『난.기타』 『청담』 『경상도의 가랑잎』, 연작시집 『어머니』 『구름에 달 가듯이』 『무순』 등이 있다. 한양대 교수를 역임했다. 1978년에 작고했다.

김 사 인

1955년 충북 보은에서 태어났다. 서울대 국문학과와 고려대 대학원에서 공부했다. 1982년 동인지 『시와 경제』의 창간 동인으로 참여하며 작품활동을 시작했다. 시집으로 『밤에 쓰는 편지』 『가만히 좋아하는』이 있다. 동덕여대 문예창작과 교수로 재직중이다.

옛 시의 전통에 '화답시和答詩'라는 게 있다. 친구나 친지들끼리 (때로는 임금과 신하, 스승과 제자가) 주고받는 시로서, 보낸 사람의 시에 받은 사람이 시로 화답한다. 시를 주고받게 된 일화나 사연이 그 시의 맛과 멋을 더해준다. 옛 선비들의 흥과 취미를 느낄 수 있는 대목이다. 이러한 화답시 또한 하나의 텍스트가 다른 텍스트들과 연결되는 상호텍스트적 맥락에서도 논의될 수 있다.

우리 현대시에서는 조지훈(1920~1968) 시인의 「완화삼」에 화답한, 박목월(1916~1978) 시인의 「나그네」 시가 그 대표적인 경우다.

> 강나루 건너서
> 밀밭 길을
>
> 구름에 달 가듯이
> 가는 나그네

길은 외줄기

남도 삼백 리

술 익는 마을마다

타는 저녁놀

구름에 달 가듯이

가는 나그네

—박목월, 「나그네-술 익는 강마을의 저녁노을이여-지훈」
(『청록집』 수록, 을유문화사, 1946)

'화답시'를 읽는 재미

「나그네」는 정갈한 이미지, 의미의 여백, 전통 율격을 한껏 살린 초기의 목월시를 대표한다. 박목월, 조지훈, 박두진이 합동으로 출간한 『청록집』* (1946년)에 실린 이 시에는 '술 익는 강마을의 저녁노을이여—지훈'이라는 부제가 붙어 있다. 같은 시집에 실린 '목월木月에게'라는 부제가 붙은 조지훈의 「완화삼」에 화답하고 있는 시이다. 먼저 「완화삼」을 보자.

청록집 1946년 6월 을유문화사 간행. 국판, 반양장, 114면. 박목월 편에 「임」 「청노루」「나그네」 등 15편, 조지훈 편에 「봉황수鳳凰愁」 「고풍의상古風衣裳」 「승무僧舞」 등 12편, 박두진 편에 「향현香峴」 「묘지송墓地頌」 「도봉道峯」 등 12편으로 모두 39편이 수록되었다. '청록집' 이라는 제명은 박목월의 시 「청노루」에서 딴 것으로 이것이 계기가 되어 이들 세 시인은 '청록파靑鹿派' 라 불리게 되었다.

> 차운 산 바위 위에 하늘은 멀어
>
> 산새가 구슬피 울음 운다.
>
> 구름 흘러가는
>
> 물길은 칠백 리
>
> 나그네 긴 소매 꽃잎에 젖어
>
> 술 익는 강마을의 저녁노을이여.
>
> 이 밤 자면 저 마을에
>
> 꽃은 지리라.
>
> 다정하고 한 많음도 병인 양하여
>
> 달빛 아래 고요히 흔들리며 가노니……
>
> **— 조지훈, 「완화삼玩花衫 – 목월에게」 전문**

조지훈 시인은 한학과 한시에 능통했다. 제목 '완화삼玩花衫'은 '꽃물 든 옷자락을 바라보고 즐긴다' 정도로 해석될 수 있다. 중국 당시唐詩에는 '꽃을 보며 즐긴다'라는 뜻의 '완화玩花=翫化'라는 시어가 자주 등장한다. 3연의 "긴 소매 꽃잎에 젖어"는 이 '완화삼'이라는 제목과 관련된 비유이다. '(나그네가) 꽃을 보며 즐기다' 정도의 의미를 '(나그네의) 긴 소매에 꽃잎이 젖는다'라고 운치 있게 표현한 제목이다. 박목월, 조지훈, 박두진은 1939년부터 1940년에 걸쳐 『문장』• 지에 정지용에 의해 3회 추천 완료되었다. 비슷한 시기에 같은 지면에 같은 스승에게 추천받게 된 것이 셋이서 『청록집』을 발간하고 청록파를 결성하게 된 결정적인 계기가 되었다.

1942년 초봄이었다. 서울 사는 조지훈 시인이 경주 사는 박목월 시인을 찾아갔다. 서로 편지만 주고받던 사이였다. 그때를 조지훈 시인은 이렇게 회고한 바 있다. "석굴암 가던 날은 대숲에 복사꽃이 피고 진눈깨비가 뿌리는 희한한 날이었다. 불국사 나무 그늘에서 나눈 찬술에 취하여 떨리는 봄옷을 외투로 덮어주던 목월의 체온도 새로이 생각난다. 나는 보름 동안을 경주에 머물렀고, 옥산서원의 독락당에 눕기도 하였으며, 「완화삼」이란 졸시를 보내기도 하였다. 목월의 시 「나그네」는 이 「완화삼」에 화답하여 보내준 시이다."•

이러한 정황을 떠올리며 읽는다면 「완화삼」은 그다지 어렵지 않다. "긴 소매 꽃잎에 젖어"에는 당시의 복사꽃과 찬술, 그리고 목월의 외투와 체온에 대한 기억이 담겨 있을 것만 같다. 첫 행의 '차운산'이 좀 애매한데, 이는 (산 이름일 수도 있겠지만) 이른 봄의 '차

문장 1939년 2월에 창간한 순 문예지. 이태준의 주간으로 발행된 당시의 가장 대표적인 문예지로서, 작품 발표와 고전 발굴 및 신인의 배출과 양성에 주력하여 우리나라 신문학사新文學史에 큰 공적을 남겼다. 1941년 4월에 폐간되었다.

• 박목월 시집 『산도화』(영웅출판사, 1955)에 조지훈이 쓴 발문 중에서.

가운' 산으로 읽는 것이 무난하다. 한시에서 '한산寒山(차가운 산)'은 '완화玩花'보다 더 흔하게 쓰이는 표현이다. 뿐만 아니라 '차다'의 경상도 방언이 '찹다'인바, '차운'은 '찹다'의 관형적 표현 '찹운'에서 연유했을 가능성이 높다.

이제 다시 박목월 시인의 「나그네」로 돌아가 보자. 「나그네」는 이 「완화삼」의 2연과 3연을 끌어오고 있다. 그러니까 2, 3연 "구름에 달 가듯이/ 가는 나그네// 길은 외줄기/ 남도 삼백 리"는, 「완화삼」의 2연 "구름에 흘러가는/ 물길은 칠백 리"라는 구절에 기대고 있다. 영남을 가로지르는 낙동강 물길을 흔히 칠백 리라 했으니 '삼백 리'는 경주 인근의 남도 길을 지칭할 것이다. 그러나 목월 스스로도 밝힌 바 있듯이 이 '삼백 리'는 실제적인 거리라기보다는 심리적 거리이다.

또한 "술 익는 마을마다/ 타는 저녁놀"은, 「완화삼」의 3연 "술 익는 강마을의 저녁노을이여"에 기대고 있다. 「완화삼」의 저녁노을과 술이 '차운 산'이나 '꽃잎'과 어우러져 화사한 여성적 이미지인 반면, 「나그네」의 저녁놀과 술은 '밀밭'이나 '외줄기길'과 어우러져 담백한 남성적 이미지를 구축한다. 또한 「완화삼」의 (흘러/흔들리며) '가노니'는, 「나그네」의 (구름에 달 가듯이) '가는'에 이르러 그 의미가 더욱 깊어지고 있다.

'강'과 '길', '구름'과 '달', '술'과 '놀'의 원형성

'원형archetype'이란 인류의 오랜 반복적 경험에 의해 축적된 집단적이고 무의식적인 경향을 일컫는다. 세계를 이루는 기본 원소인 물, 불, 공기, 흙 같은 대상에 대해서 인류는 원형적 이미지를 공유한다. 강이나 길, 구름이나 달, 술이나 저녁놀 역시 원형성 혹은 원형적 이미지를 지니고 있다. 특히 「나그네」에는 동양의 원형적 의미를 지닌 오방색(파랑·흰색·빨강·검정·노랑, 동·서·남·북·중앙, 봄·가을·여름·겨울·없음)이 역동적으로 배치되어 있다. 술과 저녁놀은 붉은색, 강은 푸른색, 밀밭길은 누런색, 구름과 달은 흰색과 검은색을 의미한다.

일반적으로 강이나 길은 인생의 여정, 시간(세월)의 흐름 등을 상징한다. 강과 길이 지상에 묶여 있는 존재라면, 구름과 달은 천상을 자유롭게 떠다니는 존재이다. 술이나 저녁놀은 순간적인 매혹이나 도취*의 대상들이다. 술이 지상적 존재라면 저녁놀은 천상적 존재이다. 「나그네」에서도 이러한 강과 (밀밭)길, 달과 구름, 술과 저녁놀은 모두 (흘러/흔들리며) '가고' (떠) '가는' 존재들이다. 이렇게 '가는' 존재들을 배경으로 '나그네' 또한 '가고' 있다. 원래 나그네란 자신이 태어나거나 살던 고향(집)을 떠나 '떠도는' 존재가 아니던가. 시인 역시 스스로를 나그네라는 떠도는 존

도취 어떠한 것에 마음이 쏠려 취하다시피 됨.

재에 비유하고 있다.

'강을 건너'는 행위도 원형적 모티브•에 속한다. 일찍이 「공무도하가」• 속 백수광부가 강을 건넜으며, 이태백•도 강물 위에 뜬 달을 좇아 강을 건넜다. 신화나 성경에 등장하는 레테의 강이나 요단강은, 삶의 이편과 죽음의 저편을 가르는 대표적인 강의 이름들이다. 나그네가 가고 있는 '강나루 건너 밀밭길'은 저기—너머로 가는 길이다. 이 '강나루 건너'의 저기—너머는 다양하게 해석될 수 있다. 국권을 잃고 떠도는 우리 민족의 당대 현실 너머의, 자연친화적 삶을 노래하는 시로 읽힐 수 있고 해방된 민족의 삶을 노래하는 시로도 읽힐 수 있다.

목월 스스로는 이 시의 나그네에 대해 "생에 대한 가냘픈 꿈과 그 꿈조차 오히려 체념한, 바람같이 떠도는, 절망과 체념의 모습"이며 "'버리는 것'으로써 스스로를 충만하게 하는 그 허전한 심정"•을 나타낸다고 설명한 바 있다. 나그네가 '건너' 가는 저기—너머가 현실도피의 강호자연이든 해방된 민족현실이든 아무튼 그곳은 지금—여기로부터의 건넘'을 전제로 하고 있다.

무엇보다도, 붉게 취하는 술과 붉게 물드는 저녁놀에 의해 나그네의 마음불心火도 타오른다. 이 붉은 이미지는 지금—여기에서의

모티브 회화, 조각, 소설 따위의 예술 작품을 표현하는 동기가 된 작가의 중심 주제나 동기.
공무도하가 출전문헌인 『고금주古今注』에 의하면, 어느 날 곽리자고가 강가에서 백수광부白首狂夫의 뒤를 따라 물에 빠져 죽은 어느 여인(곧 백수광부의 아내)의 애처로운 광경을 보고 돌아와 여옥에게 이야기하였더니, 여옥이 그 여인의 슬픔을 표현한 노래를 지어 공후에 맞추어 부른 것이라 한다.
이태백 중국 당나라 시인. 중국 최고의 시인으로 추앙되며 시선詩仙으로 불린다.

• 박목월, 『보랏빛 소묘 – 자작시해설』, 1958.

절망 혹은 도취와도 어울린다. '불'의 원형적 이미지에 의해 나그네의 비현실적 정서 혹은 탈속•의 의지가 강화되고 있는바, 이로써 강의 이편과 저편, 고향과 타향, 지상과 천상, 삶과 죽음의 경계를 넘어서려는 듯도 하다. 흐르는 강이나 밀밭길(밀은 술을 빚는 재료다!), 부유•하는 구름과 달은 그러한 의지를 강화한다. '건너다'나 '가다'와 같은 서술어의 반복, ㄴ이나 ㄹ과 같은 유음의 지속적인 반복 역시 시의 유동성을 강화시키고 있다. 이 유동성으로 인해 단순해 보이는 7·5조 율격의 여백이 깊고 넓게 이해되며 '구름에 달 가듯이' 가는 나그네의 길이 몽환적으로 느껴진다.

구름에 달은 어떻게 가는가

두 번에 걸쳐 반복되는 "구름에 달 가듯이"야말로 이 시의 주제가 담긴 가장 빼어난 구절이다. 그런데 '구름에 달 가듯이' 간다는 건 어떤 모습일까. 구름이 가는 걸까, 달이 가는 걸까. 실제로는 둘 다 간다. 그러나 달보다는 구름의 속도가 빠르기에 구름이 가는 것처럼 보일 것이다. 구름이 빨리 가면 덩달아 달도 빨리 가는 것처럼 보인다. 시에서는 달이 가는 것에 초점이 맞춰져 있다. 또한 구름은 어떤 구름이고, 달은 어떤 달일까. 검은 구름 사이로 빠르게 달아나는 초승달일까, 달 밝은 밤 흰 구름 사이로 두둥실 떠가는 보

탈속 부나 명예와 같은 현실적인 이익을 추구하는 마음으로부터 벗어남.
부유 물 위나 물속, 또는 공기 중에 떠다님. 행선지를 정하지 아니하고 이리저리 떠돌아다님.

름달일까. 구름들 사이를 흘러가는 달일까, 구름 위를 흘러가는 달일까, 구름 뒤에 흘러가는 달일까.

보름달이든 초승달이든 달이 간다. 먹구름이든 뭉게구름이든 구름에 간다. 구름과 앞서거니 뒤서거니 하며 가고, 구름에 가리거니 떠가거니 하면서 간다. 표표히• 가기도 하고 묵묵히 가기도 한다. 그렇게 '가는' 것이야말로 가장 자연스럽게 가는 모습이다. '나그네'를 '달'에 비유하고 있으니, 밀밭길을 가는 나그네가 가는 모습 또한 마찬가지다. 밀밭길을 앞서거니 뒤서거니 하며 가고, 밀밭길에 묻히거니 밀밭길에 떠가거니 하면서 간다. 그렇게 거슬러 가지 않으며 가는 것이고, 끌고 가지 않으며 가는 것이며, 끌려가지 않으며 가는 것이다.

"구름에 달 가듯이"에 대해 시인 또한 "바람이라도 불어, 구름이 빨리 흐르면 흐를수록 날개가 돋친 듯 날아가는 달의 그 황홀한 정경. 그 달의 모습에서 나는 세상을 버린 자의 애달프게 맑은 정신을 느낀 것이다. 그러므로 '구름장 새로 흐르는 달'이 곧 나그네며, 나그네가 구름을 건너가는 달이었을 것이다"•라고 회상한 바 있다. 그러나 시에서는 어떤 구름인지 어떤 달인지 구체화시키지 않았으니 독자들 또한 맘껏 상상하고 맘껏 그려봐도 좋겠다. 그렇게 맘껏 열려 있음이 바로 "구름에 달 가듯이"의 의미이다. 하여, 어떤

표표히 팔랑팔랑 나부끼거나 날아오르는 모양이 가볍게. 떠돌아다니는 것이 정처 없이.

• 박목월, 『보랏빛 소묘―자작시 해설』, 1958.

• 김명인 시인의 「너와집 한 채」(『물 건너는 사람』, 세계사, 1992)의 전문은 다음과 같다. 길이 있다면, 길을 잃고서야 찾게 되는, 온통 단풍 불붙은, 구름 연기 첩첩인 '두천'은 '강나루 건너 밀밭길'과 비교되는 곳이다. 역시 시인이 지향하는 저기-너머의 곳이다. '강원남도 울진국 북면'이라는 가상의 지명을 내세운 이유이기도 하다.

구름일까 어떤 달일까 하는 의문 속에서 자기 나름의 구름과 달이 그려졌을 때 이 시를 제대로 읽었다고 할 수 있다. 물론 어떤 구름과 달을 그려내는가에 따라 뒤에 수식되는 '나그네'의 의미 또한 다르게 해석될 것이다.

그리고 여기,
능청과 해학으로 받은 화답시

어린 마누라에게 빌붙어서, 세월아 네월아 '구름에 달 가듯이' 한세월 보내며 살겠다고 능청을 떨고 있는 시가 있다. 위악적인 해학과 익살이 일품인 김사인(1955~) 시인의 「부뚜막에 쪼그려 수제비 뜨는 나어린 처녀의 외간 남자가 되어」라는 시이다. 이 시는 "부뚜막에 쪼그려 수제비 뜨는 나어린 처녀의/ 외간 남자가 되어/ 아주 잊었던 연모 머리 위의 별처럼 띄워놓고// 그 물색으로 마음은 비포장도로처럼 덜컹거리겠네"라는 김명인(1946~) 시인의 「너와집 한 채*」의 운과 호흡을 빌려오고 있다. 두 시 역시 화답시라 할 수 있다.

늦잠과 노름과 술과 농(담)과 담배와 병으로, 폐인처럼 세월을 탕진하고 아무런 회한 없이 한 생을 보내고 싶은 방탕에의 유혹. 생

* 길이 있다면, 어디 두천쯤에나 가서
강원남도 울진국 북면의
버려진 너와집이나 얻어 들겠네, 거기서
한 마장 다시 화전에 그슬린 말재를 넘어
눈 아래 골짜기에 들었다가 길을 잃겠네
저 비탈바다 온통 단풍 불 붙을 때
너와집 썩은 나무껍질에도 배어든 연기가 매워서

집이 없는 사람 거기서도 눈물 잣겠네
쪽문을 열면 더욱 쓸쓸해진 개옻 그늘과
문득 죽음과, 들풀처럼 버팅길 남은 가을과
길이 있다면, 시간 비껴
길 찾아가는 영탕泳宕 아무도 기억 못하는 두천
그런 산길에 접어들어
함께 불 붙는 몸으로 저 골짜기 가득
구름 연기 첩첩 채워놓고서

사무친 세간의 슬픔, 저버리지 못한
세월마저 허물어버린 뒤
주저앉을 듯 겨우겨우 서 있는 저기 너와집,
토방 밖에는 황토흙빛 강아지 한 마리 키우겠네
부뚜막에 쪼그려 수제비 뜨는 나 어린 처녀의
외간 남자가 되어
아주 잊었던 연모 머리 위의 별처럼 띄워놓고

그 물색으로 마음은 비포장도로처럼 덜컹거리겠네
강원남도 울진군 북면
매봉산 넘어 원당 지나서 두천
따라오는 등뒤의 오솔길도 아주 지우겠네
마침내 돌아서지 않겠네

의 헛된 보람 없이 망가진 필부•로 늙어보겠다는 배짱. 이런 넉살 맞은 사랑과 날건달의 삶을 어느 남잔들 꿈꾸어보고 싶지 않겠는가? 현실이 답답하고 무겁고 각박하면 할수록 더욱 말이다.

"이만하면 제법 속절없는 사랑 하나 안 되겠는가/ 말이 되는지는 모르겠으나"라는 마지막 두 행 덕분에 이 시는 위악•이 되고 해학이 되고 현실이 아닌 꿈이 되고 있다. 부뚜막에 쪼그려 수제비 뜨는 나어린 처녀의 '외간 남자'가 사는 삶과, 구름에 달 가듯 가는 '나그네'의 길을 비교해보는 것도 흥미롭겠다.

부뚜막에 쪼그려 수제비 뜨는 나어린 그 처자

발그라니 언 손에 얹혀

나 인생 탕진해버리고 말겠네

오갈 데 없는 그 처자

혼자 잉잉 울 뿐 도망도 못 가지

그 처자 볕에 그을려 행색 초라하지만

가슴과 허벅지는 소젖보다 희리

그 몸에 엎으러져 개개 풀린• 늦잠을 자고

더부룩한 수염발•로 눈곱을 떼며

날만 새면 나 주막 골방 노름판으로 쫓아가겠네

남는 잔이나 기웃거리다

필부 한 사람의 남자. 신분이 낮고 보잘것없는 사내.
위악 짐짓 악한 체함.

개개 풀린 졸리거나 술에 취해서 눈에 정기가 흐려진.
수염발 길게 길러서 치렁치렁 늘어뜨린 수염의 다발.

중늙은 주모에게 실없는 농•도 붙여보다가
취하면 뒷전에 고꾸라져 또 하루를 보내고
나 갈라네, 아무도 안 듣는 인사 허공에 던지고
허청허청• 별빛 지고 돌아오겠네
그렇게 한두 십년 놓아 보내고
맥없이 그 처자 몸에 아이나 서넛 슬어놓겠네•
슬어놓고 나 무능하겠네
젊은 그 여자
혼자 잉잉거릴 뿐 갈 곳도 없지
아이들은 오소리• 새끼처럼 천하게 자라고
굴속처럼 어두운 토방에 팔 괴고 누워
나 부연 들창 틈서리 푸설거리는• 마른 눈이나 내다보겠네
쓴 담배나 빽빽 빨면서 또 한세월 보내겠네
그 여자 허리 굵어지고 울음조차 잦아들고
눈에는 파랗게 불이 올 때쯤
나 덜컥 몹쓸 병 들어 시렁• 밑에 자리 보겠네
말리는 술도 숨겨 놓고 질기게 마시겠네
몇해고 애•를 먹어 여자 머리 반쯤 셀 때
마침내 나 먼저 술을 놓으면
그 여자 이제는 울지도 웃지도 못하리
나 피우던 쓴 담배 따라 피우며

농 농담.
허청허청 다리에 힘이 없어 잘 걷지 못하고 자꾸 비틀거리는 모양.
슬어놓겠네 낳겠네, 생기게 하겠네.
오소리 족제빗과의 포유류.
푸설거리는 눈 따위가 조금씩 흩날리듯이 자꾸 내리는.
시렁 방이나 마루 벽에 두 개의 긴 나무를 가로질러 선반처럼 만들어 물건을 두는 곳.
애 초조한 마음이나 몹시 수고로움.

못 마시던 술도 배우리 욕도 배우리

이만하면 제법 속절없는• 사랑 하나 안 되겠는가

말이 되는지는 모르겠으나

＊이 시는 김명인 시인의 「너와집 한 채」 가운데 한 구절에서 운을 빌려왔다.

— 김사인, 「부뚜막에 쪼그려 수제비 뜨는 나어린 처녀의 외간• 남자가 되어」

(『가만히 좋아하는』 수록, 창비, 2006)

속절없는 단념할 수밖에 달리 어찌할 도리가 없는.
외간 친척이 아닌 남, 자기 집 밖의 다른 곳.

가을 강에
타는 울음은
어디서 오는가

박재삼 「울음이 타는 가을 강」

—

김용택 「섬진강 5」

박 재 삼

1933년 일본 도쿄에서 태어났다. 고려대 국문과를 중퇴했다. 1955년 『현대문학』에 시 「정적靜寂」, 시조 「섭리攝理」가 추천되어 등단했다. 시집으로 『춘향이 마음』 『천년의 바람』 『허무에 갇혀』 등이 있다. 1997년 작고했다.

김 용 택

1948년 전북 임실에서 태어났다. 순창 농림고등학교를 졸업했다. 1982년 창작과비평사에서 펴낸 21인 신작 시집 『꺼지지 않는 횃불로』에 「섬진강」 외 8편을 발표하면서 문단에 나왔다. 시집으로 『섬진강』 『맑은 날』 『그대, 거침없는 사랑』 『그 여자네 집』 『나무』 『연애시집』 『그래서 당신』 『수양버들』 등이 있다.

우리 현대시에서 '울음'하면 떠오르는 시, '가을 강'하면 떠오르는 시가 박재삼(1933~1997) 시인의 「울음이 타는 가을 강」이다. 일반적으로 시에 나타난 강(물)은 시간을 상징한다. "한 번 담근 강물에 두 번 다시 발을 담글 수 없다"는 헤라클레이토스의 말은, 시간의 흐름은 언제나 다름 혹은 새로움을 전제로 한다는 의미를 담고 있다. 강이 흐르듯 시간도 흐르기 때문이다. 그러나 흐르는 것들이 강과 시간뿐이겠는가. 인생도 흐르고 사랑도 흐르고 눈물도 흐른다.

그렇게 흐름으로써 강은 죽음(슬픔과 고통)과 재생(정화와 생명), 사랑과 시간의 상징적 의미를 획득한다. 흐르는 강물처럼 편안하게 시의 흐름을 따라가며, 구절구절의 의미 맥락과 '울음이 타는 가을 강'의 상징성을 생각해보자!

> 마음도 한자리 못 앉아 있는 마음일 때,
> 친구의 서러운 사랑 이야기를
> 가을 햇볕으로나 동무 삼아 따라가면,

어느새 등성이•에 이르러 눈물 나고나.

제삿날 큰집에 모이는 불빛도 불빛이지만

해질 녘 울음이 타는 가을 강을 보겠네.

저것 봐, 저것 봐,

네보담도 내보담도•

그 기쁜 첫사랑 산골 물소리가 사라지고

그다음 사랑 끝에 생긴 울음까지 녹아나고

이제는 미칠 일 하나로 바다에 다 와가는,

소리 죽은 가을 강을 처음 보겠네.

—박재삼, 「울음이 타는 가을 강」(『사상계』 발표, 1959)

제삿날 큰집에 가면서 부르는 노래일까?

많은 참고서들이 이 시에 대해 "시적 화자는 제사를 지내기 위해 고향을 찾아가는 길목에서 마을 앞을 도도히 흐르는 강을 바라보며 그에 얽힌 어린 시절의 슬픈 추억을 되살리고 있다"고 설명한다. 아마 2연의 "제삿날 큰집에 모이는 불빛"이라는 구절을 곧이곧대로 해석한 탓일 게다. 설상가상•으로 '제삿날'이라는 시어에서

등성이 (사람이나 동물이나 산 등의) 등마루가 되는 부분.
보담도 (비교할 때) 보다도.

설상가상 눈 위에 서리가 덮인다는 뜻으로, 난처한 일이나 불행한 일이 잇따라 일어남을 이르는 말.

육친의 죽음을 이끌어내 "육친의 부재不在를 슬퍼하고 그 육친에 대해 그리워하는 마음을 담고 있는 것이면서, 동시에 오랜만에 일가친척들이 모여 반가워하는 마음을 담고 있는 것"이라고 해석한다. 그러나 이는 시에서 너무 벗어난 해석이다. 찬찬히 시를 들여다보자.

제삿날 고향의 큰집을 향하는 마음이 1연에서처럼 "마음도 한자리 못 앉아 있는 마음"일 수는 있다. 육친의 부재로 인한 슬픔과 그리움, 일가친척을 만나는 반가움과 부담감으로 마음이 부산하고 들뜰 수도 있겠다. 그러나 그런 마음에 하필 "친구의 서러운 사랑 이야기"를 떠올린다는 정황은 자연스럽지 않다. 해질 무렵인데 벌써 제삿집의 불빛이 보인다는 것도 이치에 맞지 않다.

결론부터 말하자면, 아무리 읽어봐도 이 시는 해질 녘에 노을이 붉게 깔린 가을 강의 아름다움을 노래하고 있다. 노을이 깔린 가을 강을 본 적이 있는 사람이라면 그 아름다움을 떠올리며 쉽게 이해할 수 있는 시이다. 노을이 깔리고 단풍 든 가을 산이, 저무는 강물에 비치면 온 천지가 붉게 물들기 마련이다. 하여 '노을(단풍)'과 '가을 강'을 하나로 묶어버린 "울음이 타고 있다"는 표현은 특히 절묘하다.

그 붉게 물든 아름다운 가을 강을 바라보며 "친구의 서러운 사랑

이야기"와 "제삿날 큰집에 모이는 불빛"을 떠올리는 것이야말로 박재삼 시인에게 더 어울린다. 그런 가을 강을 바라보며 시인 자신이 서 있는 인생의 지점을 떠올리기도 했을 것이다. 그리고 하나 더! 지극한 아름다움에는 '서러운' 사랑 이야기가 제격이다. 그것도 '친구의' 사랑 이야기라면 그 서러움에 어느 정도의 미적美的 거리•를 유지할 수도 있을 것이다. '서러운' 혹은 '울음이 타는'이라는 정서적 과잉에도 불구하고, 이 시가 담백한 여운을 남기는 것은 이런 거리의식 때문이기도 하다.

'가을 강'에 비유한 여러 겹의 원관념

"울음이 타는 가을 강"은 비유다. 이 아름다운 비유를 통해 시인이 말하고자 했던 건 무엇일까? 먼저 강의 흐름을 생각해보자. 계곡 어디쯤에서 시작한 강은 골짜기를 따라 산골 물이 되어 세찬 물소리를 내며 흐른다. 물은 낮은 곳으로 모여 흐르기에, 시간을 거듭할수록 강폭은 넓어지고 물소리는 줄어든다. 침묵에 싸여 고즈넉이 흐르는 하구의 강물이 가을의 해질 녘과 만나면, 강물 위에서 '단풍 든 산빛'과 '노을 든 하늘빛'은 서로를 붉게 비춘다. 천천히 흐르며 제 스스로를 비춰본다는 것이야말로 얼마나 제 스스로를 깊게 하는 일인지! 아마 그쯤에서야 제 울음소리를 들을 수 있고 다

미적 거리 어떤 대상을 보고 순수한 미적 경험을 느낄 수 있는 심리적心理的 거리. 대상을 유용성이나 개인의 이해관계에 결부시키지 않고 무관심의 상태에서 볼 때 얻을 수 있다.

스릴 수도 있을 것이다. 낮은 곳을 향해 흐르는 강은 그렇게 제 흐름을 다스리며 제 소리를 죽이며 비로소 바다에 이를 것이다.

그렇다면, '가을 강'의 원관념으로 가장 먼저 꼽을 수 있는 것은 '(친구의 서러운) 사랑 이야기'이다. 사랑의 시작과 끝은, 위에서 언급한 강물의 시작과 끝이랑 닮아 있다. 사랑 또한 세차고 가파르게 흐르다 거듭 넓어지며 천천히 깊어지는 법이다. 그렇게 볼 때 3연의 "그 기쁜 첫사랑 산골 물소리가 사라지고/ 그다음 사랑 끝에 생긴 울음까지 녹아나고/ 이제는 미칠 일 하나로 바다에 다 와가는/ 소리 죽은 가을 강"은 쉽게 이해된다. 사랑의 '첫'과 '끝'을 강물이 흐르는 소리를 통해 형상화하고 있다.

'가을 강'의 두번째 원관념으로는 '가을 햇볕'이나 '해질 녘'을 단서로 삼아 시간의 흐름, 즉 저무는 시간을 떠올릴 수 있다. 그 시간은 하루일 수도, 한 해일 수도, 한 사람의 인생일 수도 있겠다. 특히 '제삿날'이나 '네'와 '내' 등의 시어에서 인생 혹은 더불어 사는 삶을 이끌어낼 수 있으며, "울음이 타다"라는 구절에서는 희로애락喜怒哀樂●과 같은 감정의 흐름을 유추해낼 수 있다.

강이 바다에 이르듯이 사랑은 이별로, 봄은 겨울로, 아침은 밤으로, 탄생은 죽음으로, 기쁨은 슬픔으로 흐른다. 그러기에 1연의

희로애락 기쁨과 노여움과 슬픔과 즐거움을 아울러 이르는 말.

'등성이'는 일차적으로 가을 강이 흐르는(혹은 흐르는 가을 강이 보이는) 지점으로서의 산의 등성이겠지만, 이 외에도 사랑 이야기의 등성이, 시간의 등성이, 인생의 등성이, 감정의 등성이일 수도 있다. 이런 가을 강, 사랑, 시간, 인생, 감정의 비유 들을 하나로 아우르는 공통된 서술어가 '(울음이) 타다'이다. 그 '타는' 형상은 시 안에서 '사라지고', '녹아나고', '소리 죽은' 등의 서술어에 의해 구체화된다. 그것들은 모두 기승전결起承轉結● 을 이루며 흐르는 것들인바, '(울음이) 타다'는 아마도 '전轉'(부연이나 전환)쯤에 해당하는 서술어일 것이다. 그러니 '(울음이) 타고' 난 이후에는 결말이 있을 것이다.

가을과 노을과 울음이 함께 '타는', 지극한 아름다움

이 시는, 연과 연 사이의 시적 비약을 과감히 살리고 있다. 해석상 논란의 여지가 있는 2연의 극적 전환과, 3연의 정서적 전환이 불러일으키는 의미의 비약은 과감하다. 이렇게 시적 비약이 두드러진 시에서 2연의 "제삿날 큰집에 모이는 불빛"을 서사적 맥락으로 해석할 경우 시적 맥락은 어색해진다. 앞서 언급했듯이 붉게 물든 '해질 녘'의 가을 강을 보며 제삿날 밤의 환한 불빛을 떠올려보는 이미지에 의한 유추의 맥락으로 해석하는 것이 적당할 것이다.

기승전결 글을 쓸 때 글을 구성하는 방법. 기는 시작하는 부분, 승은 시작을 이어받아 전개하는 부분, 전은 글의 흐름을 한 번 돌리어 전환하는 부분, 결은 전체 글을 끝맺는 부분이다.

시적 비약을 유도하는 조사 불빛 '도'와 연결어미 불빛 '이지만' 역시, '그 불빛도 참 좋은 불빛이겠지만'이라는 의미로 해석해야 하지 않을까. 그러므로 2연은 제삿날의 불빛보다 더 아름다운 가을 강의 불빛을 보겠다는 의미로 보아야 할 것이다.

저물녘 노을이 타는 가을 강의 모습은 황홀하다. 사랑도 헤어지기 직전의 사랑이 더 슬프고 아름다운 법이다. 3연의 "저것 봐, 저것 봐"는 이렇게 소멸하기 직전의 지극한 아름다움, 그 절정을 보고 터져나오는 시적 화자의 감탄사다. 그뿐만이 아니다. 기쁜 첫사랑의 물소리와 녹아드는 사랑 끝의 울음소리를 거쳐, 모든 소리를 죽이고 "미칠 일 하나로 바다에 다 와가는" 그 가을 강이 마지막으로 내뱉는 소리가 "저것 봐, 저것 봐"이기도 하다. 그러니 '미치다'는 단지 '정신을 놓다狂'의 의미뿐 아니라, 바다에 '이르다, 소진하다到'는 의미까지를 동시에 담고 있다. '그 기쁜 첫사랑 산골 물소리'와 대비되는, '강 하구의 미친 사랑'을 의미할 수도 있겠다. 이 시는 시인이 결혼 이후인 이십대 중반에 발표했으며 1950년대의 이십대 중반은 지금의 사십대에 가까운 정서였음을 떠올릴 필요가 있다.

또한 "네보담도 내보담도"에는 너와 내가 살아온 삶(혹은 사랑)의 여정과 그 동안의 온갖 서러움이나 절망이나 상처 등이 담겨 있다. 너보다도 나보다도 더 서러운 '울음이 타는' 가을 강을 보며 스스로의 사랑과 삶을 위로하고 달래고자 하는 것이리라. 흐름의 질서 속에서, 울음까지도 잦아드는 정화의 미래를 예감하는 것이리라. 예스러움, 정감, 감탄, 추측, 의지 등의 의미를 담고 있는 '보것네'라는 종결어미의 반복을 통해 그러한 여운을 강조하고 있다.

그리고 여기, 저무는 강이 지닌 또다른 정화의 힘

"우리 사는 일이/ 저물 일 하나 없이/ 팍팍할 때" 저무는 강변에 나가 저무는 강물을 바라보며 "팍팍한 마음 한끝을/ 저무는 강물에 적셔/ 풀어 보내는" 김용택(1948~) 시인의 「섬진강 5」가 있다. 새벽까지 어둠 속에서 "마음 등불 몇 등"을 밝히기 위해서이다. 가을보다 먼저 피었다가 겨울을 다 보낼 때까지 "새벽같이 버티는/ 마음 등불 몇 등"이 밤새 환한, 어느 후미진 강둑이나 모래톱•에서 저물어가는 또다른 가을 강이다.

공자는 냇물을 보며 "흘러가는 것들이 저와 같구나! 밤낮으로 쉬지 않고 흐르는구나!"라고 했다. 섬진강의 '저무는 강물' 또한 적시고, 풀어 보내고, 살아나고, 실어가면서 그렇게 흐르고 저물어간

모래톱 모래사장.

다. 섬진강만이 아니라 흐르며 살아 있는 모든 강이 지닌 정화와 치유의 힘일 것이다. 흐르는 강물만이 아니라 흐르는 모든 것들에게서 배워야 할 힘이다.

> 이 세상
> 우리 사는 일이
> 저물 일 하나 없이
> 팍팍할 때
> 저무는 강변으로 가
> 이 세상을 실어오고 실어가는
> 저무는 강물을 바라보며
> 팍팍한 마음 한끝을
> 저무는 강물에 적셔
> 풀어 보낼 일이다.
> 버릴 것 다 버리고
> 버릴 것 하나 없는
> 가난한 눈빛 하나로
> 어둑거리는 강물에
> 가물가물 살아나
> 밤 깊어질수록
> 그리움만 남아 빛나는

별들같이 눈떠 있고,

짜내도 짜내도

기름기 하나 없는

짧은 심지 하나

강 깊은 데 박고

날릴 불티[•] 하나 없이

새벽같이 버티는

마음 등불 몇 등같이

이 세상을 실어오고 실어가는

새벽 강물에

눈곱을 닦으며,

우리 이렇게

그리운 눈동자로 살아

이 땅에 빛진

착한 목숨 하나로

우리 서 있을 일이다.

—김용택, 「섬진강 5」(『섬진강』 수록, 창비, 1985)

불티 타는 불에서 튀는 작은 불똥.

‘내용 없는 아름다움’에서
읽어내는
아름다운 내용

김종삼 「북 치는 소년」

—

남진우 「김종삼」

김 종 삼

1921년 황해도 은율에서 태어났다. 일본 토요시마 상업학교를 졸업했다. 1954년 『현대예술』에 「돌각담」을 발표하며 등단했다. 시집으로 『십이음계』 『북치는 소년』 『누군가 나에게 물었다』 『김종삼 전집』 등이 있다. 1984년 작고했다.

남 진 우

1960년 전북 전주에서 태어났다. 중앙대학교 문예창작과 및 동대학원을 졸업했다. 1981년 동아일보 신춘문예에 시가 당선되어 등단했다. 시집으로 『깊은 곳에 그물을 드리우라』 『죽은 자를 위한 기도』 『타오르는 책』 『새벽 세 시의 사자 한 마리』 『사랑의 어두운 저편』 등이 있다. 명지대 문예창작과 교수로 재직중이다.

시에서는 '행간 읽기'니 '여백 읽기'니 하는 말을 자주 사용한다. 짧은 시일수록 특히 그렇다. 시어와 시어 사이, 행과 행 사이, 연과 연 사이의 여백에 의해 시는 완성된다. 여백에 가득 찬 생략이나 비약, 압축이나 상징, 다의성이나 애매성이야말로 시를 시답게 하는 일차적 요소이기 때문이다. 시의 여백을 '읽어내고', 시의 행간을 '읽어넣을' 수 있을 때 진정한 시의 독자가 될 것이다.

"비시非詩일지라도 나의 직장은 시詩"(「제작制作」)라고, "그동안 무엇을 하였느냐는 물음에 대해// 다름 아닌 인간을 찾아다니며 물 몇 통桶 길어다준 일밖에 없다"(「물 통桶」)고 맑디맑은 고백을 했던 김종삼(1921~1984) 시인은 한국 현대시사에서 드물게 순도가 높은 시를 쓴 시인이다. 「북 치는 소년」은 순도*는 물론 미적 완성도도 높은 시이다. 시의 행간과 여백을 적극적으로 읽어내고 읽어넣어야 하는 대표적인 시이다.

순도 어떤 물질 가운데에서 주성분인 순물질이 차지하는 비율.

내용 없는 아름다움처럼

가난한 아희에게 온
서양 나라에서 온
아름다운 크리스마스카드처럼

어린 양羊들의 등성이•에 반짝이는
진눈깨비처럼

—김종삼, 「북 치는 소년」(『십이음계』 수록, 삼애사, 1969)

여백을 떠도는 질문 넷 혹은 아홉

여백이 많은 시는 생각이 많고 상상이 많고, 느낌이 많고 울림이 많고, 여운이 많고 질문이 많다. 이 시 역시 읽고 나면 질문들이 쏟아질 것이다. 정리해보자.

1) 제목으로 제시한 시적 대상 '북 치는 소년'은 크리스마스카드일까, 크리스마스 캐럴일까? 크리스마스카드라면, 카드 그림에는 무엇이 그려져 있을까? 그 카드는 진짜 서양 나라에서 보

등성이 사람이나 동물의 등마루가 되는 부분.

내온 카드일까, 아니면 진열장 같은 곳에서 보았던 서양 나라 풍의 아름다운 카드일까?

2) 화자(시인)와 '가난한 아희'와 '북 치는 소년'은 동일인물일까?

3) '내용 없는 아름다움'이란 무슨 의미일까? 이 시가 크리스마스카드를 묘사하는 것이라면, 이해할 수 없는 '서양 나라'의 언어로 쓰였기 때문일까, 아니면 아무것도 쓰이지 않은 채 비어 있기 때문일까? 캐럴을 묘사하는 것이라면 캐럴에서 되풀이되는 의성어 "parum pum pum pum"에 대한 표현일까, 아니면 아름다움 그 자체만으로 자족적*인 그런 세계에 대한 동경의 표현일까? 그것도 아니면 '가난한 아이'에게는 현실적 도움이 되지 않는 그런 무의미한 아름다움에 대한 비판의 표현일까?

4) 각 연의 종결을 이루는 '~처럼' 뒤에 생략된 것은 무엇일까?

음악적 형식이자 회화적 형식

'북 치는 소년'은 캐서린 데이비스Katherine K. Davis, 1892~1980가 1941년에 작곡한 캐럴 제목The Little Drummer Boy, 원제는 The Carol of the Drum이다.

자족적 스스로 넉넉하게 여기고 만족하는 성질이 있는. 또는 그런 것.

"노래하자 파 람팜팜팜"으로 시작해서 즐거운 노래, 영광의 노래, 평화의 노래, 축복의 노래를 부르자는 내용이다. 헐벗은 내게도, 긴 밤을 지키는 염소와 양 떼에게도 그 즐거움과 영광과 평화 축복이 미치도록 모두 함께 노래를 부르자는 내용이다. 반복되는 북 치는 소리 '파 람팜팜팜'은 크리스마스의 불빛처럼 듣는 이의 마음을 설레게 한다.

그의 다른 시 "나의 본적은 푸른 눈을 가진 한 여인의 영원히 맑은 거울"(「나의 본적本籍」)이라는 구절에서도 알 수 있듯, 김종삼 시인은 마음의 고향을 미지의 '서양 나라'에서 찾곤 했다. 그곳은 서양 음악이 흐르는 순수한 관념의 세계이자 환상의 세계이다. 음악 관련 외래어(고유명사)가 그의 시에 빈번히 등장하는 이유다. 이를테면 그의 시 「스와니 강이랑 요단 강이랑」은 "머나먼 저곳 스와니 강물 그리워라"로 시작되는 포스터•의 가곡 〈고향 사람들The Old Folks at Home〉과, "요단 강 건너가 만나리"라는 후렴구가 반복되는 장례 찬송가 291번 〈날빛보다 더 밝은 천국〉에서 끌어온 제목이다. 다른 시 「그리운 안니로리」나 「앤니로리」 또한, 스코틀랜드의 민요 〈애니로리Annie Laurie〉에서 빌려왔다. 당시만해도 서양 나라에서 온 낯선 음악이야말로 멀리 있어서 닿을 수 없는 미지의 세계, '아름다운 크리스마스카드'와 같은 실현 불가능한 꿈의 세계, 서양 나라에서 온 '내용 없는 아름다움'의 세계의 상징이었는지도 모른다.

포스터 미국의 작곡가. 미국의 전원 풍경과 남부 흑인을 소재로 한 많은 가곡을 작곡하였다. 작품으로 〈시골의 경마〉 〈스와니 강〉 〈금발의 제니〉 〈오 스잔나〉 〈올드 블랙 조〉 등이 있다.

그러나 정작 그의 시는 음악보다 회화에 가깝다. '내용 없는 아름다움'은 가장 먼저 크리스마스카드의 그림들이 지닌 아름다움을 떠올리게 한다. 특히 "어린 양들의 등성이에 반짝이는/ 진눈깨비"는 아름답기 그지없다. 양 떼들 위로 내리는 진눈깨비일 수도 있고, 고아원이나 교회 등에 모여 있는 가난한 아이들의 등에 내리는 진눈깨비일 수도 있다. 마치 흰 양 떼들의 실루엣처럼 산등성이에 내려쌓인 진눈깨비일 수도 있다. 그 아름다움은 순수한 만큼 비현실적이다. 함박눈이나 송이눈이 아니라는 데서 비극적 아름다움은 더해진다. 김종삼 시인의 고향이 황해도 은율이라는 걸 상기한다면 그 진눈깨비에는 실향의 비애까지도 묻어난다.

무엇보다 논리적인 인과를 넘어서는 과감한 생략, 투명하게 끊어지는 리듬, 모호한 여백을 거느리는 반복 등에 의해 이 시는 단순한 시각적 아름다움을 자아낸다. 악보에 음표화된 소리의 부호 같은, 말하자면 수학처럼 추상화된 악상들을 오선지에 구체화시켜놓은 듯한……

'가난한 아이'와 '북 치는 소년'

「북 치는 소년」은 1969년에 발간한 시집 『십이음계十二音階』에 수록된 시이다. 1960년대 우리나라는 전쟁의 상처가 아직 아물지 못했던 시기였다. 분단과 실향(월남/월북)으로 가족이 파괴되고 경제 및 사회적 기반 또한 빈약했다. 고아원과 교회와 학교를 중심으로 '서양 나라'에서 온 온갖 구호·선교·군용 물자들이 '가난한 아이'들에게 배급되기도 했다. 김종삼 시에서 가난과 아이, 교회와 고아원, 서양 노래나 음악(낭만적 동경) 등이 독특한 시적 상상력을 구축하는 시대사적 맥락이기도 하다.

어쨌든 이 시는 크리스마스와 크리스마스카드와 캐럴을 좋아했던 유년의 향수를 자극한다. 시의 배경은 크리스마스 즈음이다. '서양 나라'에서 온 크리스마스는, 사랑과 평화와 감사의 기독교적 복음이 세상에 가장 크게 울려퍼지는 축제일이다. 크리스마스를 상징하는 카드와 캐럴과 선물은 복음 전파의 방편이기도 했을 것이다. 실제로 크리스마스 즈음에 주고받는 크리스마스카드에는 종종 북 치는 소년이 그려져 있었고, 진눈깨비가 내리는 언덕을 넘어가는 양 떼들도 그려져 있었다. 게다가 '북 치는 소년'은 가장 자주 듣는 캐럴 중 하나였다.

「북 치는 소년」에서 시적 화자는, 크리스마스카드를 보거나 캐럴을 듣는 '가난한 아이'를 객관적으로 묘사하는 것도 같고, 카드를 보거나 캐럴을 들으며 가난했던 자신의 유년 시절을 떠올리는 것도 같다. 고아원이나 교회를 통해 '가난한 아이'가 받았음직한 '서양 나라'에서 온 아름다운 카드는 이국적 환상을 불러일으킬 만한 대상이었을 것이다. 여기저기서 울려퍼졌을 법한 캐럴도 마찬가지다. 가난이 죄일 수 없고 오히려 가난한 자가 천국에 든다는 기독교적 복음을 떠올릴 수 있는 '가난한 아이'에게는 더더욱 미지를 향한 설렘과 동경을 자극하는 선물이었을 것이다. '가난한 아이'는 자신의 모습이 투사된 '북치는 소년'('어린 양')의 여리고 맑은 모습에서 은혜에 대한 갈망이나 축복에 대한 갈망을 품을 수도 있겠다. 그러한 갈망이 역설적으로 '가난한 아이'의 현실적 남루함•과 비극성을 더욱 절실하게 환기시키기도 했겠지만 말이다.

이런 카드나 캐럴이 실제적인 빵이나 옷이 아니라서 '그림의 떡'이거나 무의미한 것이 아니다. 오히려 빵이나 옷(실제로도 빵이나 옷과 함께 왔을 것이다!)보다 더한 풍요와 행복, 꿈과 희망의 상징적 대상이 될 수 있다. 가난한 어른이 아니라 '가난한 아이'에게는 더욱 그러하다. 낭만적 동경이 늘 현실의 비극 위에서 더 아름답게 꽃피는 까닭이다. 시에서는 생략된 '가난한 아이'의 현실적인 비극이 투명한 맑음과 어떤 경건함을 떠올리게 하는 까닭이기도 하다.

남루함 옷 따위가 낡아 해지고 차림새가 너저분함.

이 시에는, 시인은 물론 화자의 정체도 드러나지 않는다. 이렇다 할 감정이나 메시지도 드러나지 않는다. 대상과 거리를 둔 객관적 묘사만 있고, 바라보는(듣는) 이의 시각(청각)만이 이미지화되어 있다. 음악적 여운과 환상적 풍경을 통하여 영혼의 아름다움을 보여주려는 시인의 의도가 반영된 결과일 것이다.

또한 매 연의 끝에서 반복되는 '~처럼'의 비유된 원래의 대상 혹은 관념(원관념)도 생략되어 있다. '~처럼'의 비교 대상이 없기 때문에, 제목으로 제시된 '북 치는 소년'을 덧붙여 읽으면 전체적인 의미 맥락이 살아난다는 것이 일반적인 견해이다. 그러나 어디 '북 치는 소년'뿐이겠는가. '~처럼' 다음을 괄호로 묶어놓고 거기에 가능한 답, 즉 가능한 원관념들을 하나씩 적어보자.

먼저 시의 제목이기도 한 (북 치는 소년)이 떠오른다. 그다음은? (메리 크리스마스), (가난한 아이의 꿈), (북 치는 소리), (노래하자 파 람팜팜팜), (즐거운 노래), (영광의 노래), (평화의 노래), (축복의 노래)…… 그리고 나는 문득, 김종삼 시인의 다른 시 한 편을 덧붙여 읽어본다.

하루를 살아도

온 세상이 평화롭게

이틀을 살더라도

사흘을 살더라도 평화롭게

그런 날들이

그날들이

영원토록 평화롭게—

—「**평화롭게**」 **전문**

「북 치는 소년」의 묘미는 시의 의미를 쉽게 단정할 수 없다는 데 있다. 그러니까 내용이 없는 시, 결론이 없는 시에 가깝다. 그러나 없는 것이 아니다. 오히려 너무 많다. 북을 치면 북소리가 공중에 울려퍼지듯 말이다. 여백과 열린 결말, 거기서 비롯되는 긴 시적 여운 등은 독자들로 하여금 맘껏 다르게 '읽어내고' '읽어넣을' 수 있도록 한다. 이 시가 완성되는, 미완성의 미학이다.

그리고 여기,
절제된 여백의 언어 미학 한 점

김종삼 풍으로 쓴 김종삼에 관한 한 편의 시가 있다. 남진우(1960~) 시인의 「김종삼」이라는 시이다. 김종삼 시인의 비극적인 삶과 시편들에 대한 단상에서 출발해 여백이 더욱 아름다웠던 김종삼 시인의 시편들처럼 절제된 언어 미학을 보여주는 시이다. 특히 르네 마그리트Rene Magritte•의 그림 한 점을 보는 듯한 이국적 정조가 두드러진다. 자신이 나온(혹은 들어갈) 빈 새장을 부리로 문채 경계의 공간 '창틀'에 앉아 있는 새의 존재는 상상력을 자극한다. 하늘은 '흐리'고 그 하늘에 떠 있는 가벼운 '깃털' 구름은, 읽는

르네 마그리트, 〈치유자〉(1936)

마그리트 벨기에의 화가. 한때 입체파에 경도되었으나 초현실주의로 전향하였다. 사물의 일상성을 배제하고 물자체의 성질을 드러내 상징적 화면으로 조화되지 않은 사물을 화면에 병치함으로써 기괴한 효과를 나타내었다. 대표작으로 〈이미지의 반역〉 〈겨울비〉 〈대화의 기술〉 등이 있다.

이의 시선에 따라 새의 미래를 다르게 상상하도록 한다.

비극적이면서 아름다운, 간결하면서 환상적인 김종삼 시풍을 따르고 있는 이 시 또한 '내용 없는' 그 여백이 아름답다. 그러기에 독자 스스로가 적극적으로 '읽어내고' '읽어넣어'야 하는 시이다.

창틀 위에
새
한 마리
부리 끝에
빈 새장을 물고 있다

흐린 하늘에 떠 있는
깃털 구름

—남진우, 「김종삼」(『새벽 세 시의 사자 한 마리』 수록, 문학과지성사, 2006)

5

청춘의 노래를 들어라!

'마돈나'라는 이름의 '가장 아름답고 오랜 것'

이상화 「나의 침실로」

—

박두진 「청산도」

이 상 화

1901년 대구에서 태어났다. 서울 중앙고등학교에서 수학했다. 일본에 유학하여 프랑스 문학을 공부했다. 1921년에 현진건의 소개로 박종화와 만나 '백조' 동인에 참여했고, 1922년 『백조』 1, 2호에 시를 발표하면서 문단에 나왔다. 시뿐만 아니라 평론, 소설 번역에서도 활발히 활동했다. 「나의 침실로」 「빼앗긴 들에도 봄은 오는가」 등의 작품을 남겼다. 1943년 작고했다. 유고시집으로 『상화尙火와 고월古月』이 간행되었다.

박 두 진

호는 혜산. 1916년 경기도 안성에서 태어났다. 1939년 『문장』에 「향현」 등을 발표하며 등단했다. 시집으로 『해』 『오도』 『거미와 성좌』 『인간밀림』 『고산식물』 『사도행전』 『수석열전』 『야생대』 『포옹무한』 『빙벽을 깬다』 등이 있다. 이화여대와 연세대 교수를 역임했다. 1998년에 작고했다.

인터넷 사이트에 이런 질문이 올라와 있다. "이상화님의 「나의 침실로」라는 시에서 마돈나는 진짜 가수 마돈나를 말하는 건가요?" 그 글 밑으론 이런 친절한 댓글이 달렸다. "마돈나madonna는 이탈리아어로 '성모 마리아'를 뜻하기도 하고, 귀부인이나 애인을 높여 부르는 말이기도 합니다. 이상화 시인의 「나의 침실로」에서 '마돈나'는 사랑하는 여인을 존중하는 뜻으로 부른 말입니다. 팝가수 마돈나와는 아무 상관도 없습니다." 머잖아 이런 질문이 올라올지도 모르겠다. "걸 그룹 '시크릿'이 부른 〈마돈나〉는 이상화님의 시 「나의 침실로」의 마돈나를 말하는 건가요?"

「나의 침실로」는 이상화(1901~1943) 시인이 18세의 나이에 썼다고 알려진 작품이다. 낭만적 고뇌와 퇴폐적 허무가 유행했던 1910년대 우리 시의 경향을 반영하듯, 낭만적 분위기와 격정적 에너지가 넘치고 그에 따른 관념성도 엿보이는 작품이다. 매 연마다 '마돈나'를 부르며 독자들의 주의를 끌고 있는데 이처럼 반복되는 돈호법*, 변화무쌍한 종결어미들, 잦은 쉼표, 특정 시어(구절)의 변주* 등이 빚어내는 격정적 어조는 우리 현대시사에서 드문 예이다. 김

돈호법 사람이나 사물의 이름을 불러 주의를 불러일으키는 수사법. '여러분!', '솔아! 솔아! 푸른 솔아!' 따위가 있다.
변주 어떤 주제를 바탕으로 선율 · 리듬 · 화성 따위를 여러 가지로 변형하여 연주함. 또는 그런 연주.

소월 시인이 쓴 「초혼」과 비교하면서 감상하기를 권한다. 그런데 이렇게 뜨겁고 이렇게 간절히 부르고 또 부르는 '마돈나'는 정말 누구일까?

「마돈나」 지금은 밤도 모든 목거지•에 다니노라. 피곤하여 돌아가련도다,
아, 너도 먼동이 트기 전으로 수밀도水密桃•의 네 가슴에 이슬이 맺도록 달려오너라.

「마돈나」 오려무나, 네 집에서 눈으로 유전遺傳하던 진주眞珠는 다 두고 몸만 오너라.
빨리 가자, 우리는 밝음이 오면 어딘지 모르게 숨는 두 별이어라.

「마돈나」 구석지고도 어둔 마음의 거리에서 나는 두려워 떨며 기다리노라.
아, 어느덧 첫닭이 울고— 뭇개가 짖도다. 나의 아씨여, 너도 듣느냐.

「마돈나」 지난 밤이 새도록 내 손수 닦아둔 침실로 가자, 침실로—
낡은 달은 빠지려는데, 내 귀가 듣는 발자국— 오, 너의 것이냐?

「마돈나」 짧은 심지를 더우잡고• 눈물도 없이 하소연하는 내 맘의 촉燭

목거지 '모꼬지'의 방언. 놀이나 잔치 또는 그 밖의 일로 여러 사람이 모이는 일.
수밀도 껍질이 얇고 살과 물이 많으며 맛이 단 복숭아.
더우잡고 높은 곳에 오르려고 무엇을 끌어 잡고, 의지가 될 든든하고 굳은 것을 잡고.

불을 보라,

양털 같은 바람결에도 질식窒息이 되어 얄푸른 연기로 꺼지려는도다.

「마돈나」 오너라, 가자, 앞산 그리메•가 도깨비처럼 발도 없이 이곳 가까이 오도다.

아, 행여나, 누가 볼는지— 가슴이 뛰누나, 나의 아씨여, 너를 부른다.

「마돈나」 날이 새련다, 빨리 오려무나, 사원寺院의 쇠북이 우리를 비웃기 전에.

네 손이 내 목을 안아라. 우리도 이 밤과 함께 오랜 나라로 가고 말자.

「마돈나」 뉘우침과 두려움의 외나무다리 건너 있는 내 침실 열 이도 없으니.

아, 바람이 불도다. 그와 같이 가볍게 오려무나. 나의 아씨여, 네가 오느냐?

「마돈나」 가엾어라, 나는 미치고 말았는가, 없는 소리를 내 귀가 들음은—,

내 몸에 피란 피— 가슴의 샘이 말라버린 듯 마음과 목이 타려는도다.

「마돈나」 언젠들 안 갈 수 있으랴. 갈 테면 우리가 가자, 끄을려•가지

그리메 그림자.
끄을려 끌려.

말고!

너는 내 말을 믿는 「마리아」— 내 침실이 부활의 동굴임을 네야• 알련만……

「마돈나」 밤이 주는 꿈, 우리가 얽는 꿈, 사람이 안고 궁구는• 목숨의 꿈이 다르지 않으니.

아, 어린애 가슴처럼 세월 모르는 나의 침실로 가자, 아름답고 오랜 거기로.

「마돈나」 별들의 웃음도 흐려지려 하고 어둔 밤 물결도 잦아지려는도다,

아, 안개가 사라지기 전으로 네가 와야지. 나의 아씨여, 너를 부른다.

— 이상화, 「나의 침실로 —가장 아름답고 오-랜 것은 오즉 꿈속에만 있어라」

(『백조白潮』 발표, 1923)

절박한 '부름'의 형식

사랑에 빠진 사람은 사랑하는 이의 이름을 '부르고 또 부른'다. '부른다'는 것은 끌림이자 매혹이고, 발견이자 상상이다. 사랑은 그와 같은 부름이다. 사랑에 빠질 때야말로 생의 가장 아름다운 순

네야 너야.
궁구는 뒹구는, 구르는.

간인바, 서로가 서로를 꿈꾸면서 부르기 때문이다. 「나의 침실로」는 사랑하는 '마돈나'를 '아', '오' 등의 감탄사까지 동원해 부르고 또 부르는 시이다.

이 시는 '마돈나'(대상)에게, '먼동이 트기 전에'(시간) '오라'(행위), 그리고 '침실로'(공간) '가자'(행위)를 반복적으로 재촉하는 시이다. '마돈나'(너/나의 아씨/마리아)를 비롯해 '오라'(달려오너라/오려무나/오너라/오도다/오느냐/와야지), '가자' (빨리가자/가자/가고 말자)라는 촉구의 서술어들이 변화무쌍하게 반복 변주되고 있다. '나의 침실' 또한 '진주는 다 두고 몸만 오'는 곳, '오랜 나라', '뉘우침과 두려움의 외나무다리 건너', '언젠들 안 갈수' 없는 곳, '부활의 동굴', '어린애 가슴처럼 세월 모르는' 곳, '아름답고 오랜 거기' 등으로 변주된다.

부름의 대상 '마돈나'는 '밤'과 동일시된다. '마돈나'를 부를 때마다 "먼동이 트기 전"(1연), "사원의 쇠북이, 우리를 비웃기 전"(7연), "안개가 사라지기 전"(12연)에 달려오라며 밤의 유한성을 강조하고 있다.* 다양한 종결어미들의 활용 또한 다채롭다. 매 연을 '마돈나'라고 부르면서 시작하고 있는데 이 부름의 형식이 이 격정적인 반복과 변주들을 응집시켜주는 역할을 한다. 매 연에서 강박적으로 반복되는 '날이 새기 전에 빨리 오라'는 구절 또한 '부름'의 절박

* "밝음이 오면"(2연), "어느덧 첫닭이 울고- 뭇개가 짓는"(3연), "낡은 달은 빠지려는데"(4연), "앞산 그르매가 도깨비처럼 발도 없이 이곳 가까이 오"는(6연), "날이 새련다"(7연) 등도 밤의 종말을 알리는 다급한 징후의 변주들이다.

함을 고무시키며 독자들의 몰입과 도취를 자아내고 있다.

"너를 부른다"로 분절되는 시의 구조

이 시는 화자의 중심 행위 '너를 부른다'를 중심으로 1~6연과 7~12연으로 나뉜다. 후반부는 전반부에 비해 더욱 절박한 반복이고 변주이다. 또다른 화자의 행위 '기다리다'와 '듣다'에 의해 3연과 9연에서도 한 번 더 나뉠 수도 있겠다.

1연은 꼼꼼한 해석을 요한다. 1행의 술어 '돌아가려는도다'의 주어를 시의 화자 '나'로 해석하는 경우가 있는데, 이는 부자연스러운 해석이다. '돌아가려는도다'의 주어는 '밤'이어야 마땅하다. 이때 '다니노라'는, 감탄형 종결어미라기보다는 '다니느라고'라는 원인(이유)를 나타내는 연결어미로 보아야 한다. 결국 '밤도' 모든 목거지를 (돌아)다니느라고 피곤 '해서' 돌아가려 하는구나의 뜻으로, 새벽이 다가오고 있음을 암시한다. 특히 '도'라는 특수조사는 2행의 '너도'와 짝을 이루는바, 마돈나 너 '도' (돌아)다니지 말고 내게 빨리 달려오라는 것이다.

2행의 "수밀도의 네 가슴에 이슬이 맺도록 달려오너라"라는 표현은 이 시를 빛나게 하는 가장 감각적인 표현이다. 여인의 가슴을 '수밀도(물이 많고 단맛이 나는 복숭아)'에 비유하는 것도 탁월한 표현이지만, 가슴에 맺힌 '땀'을 수밀도에 맺힌 '이슬'에 비유한 것은 시인의 섬세한 감각이 돋보이는 대목이다. 가슴에 땀이 맺히도록 바삐 달려오라는 의미이다.

2연의 "네 집에서 눈으로 유전하던 진주" 또한 주목을 요하는 구절이다.* 진주는 '몸(만)'과 대조되는 비유로서 대대로 전해오는 값비싼 보석이나 외적인 장식을 의미한다. 그러나 이 '진주'가 눈물을 의미한다면 여성에게 강요되는 관습적 굴레를 의미하기도 한다. 전자든 후자든 다 부정적인 것이기에 '진주'는 두고 '몸만' 달려오라는 것이다. 2행의 "밝음이 오면 어덴지 모르게 숨는 두 별"은 어둠 속에서만 가능한 '우리' 사랑의 은밀함을 강조하는 표현이다.

3연에서야 화자인 '나'의 상황이 드러난다. '나'는 "구석지고도 어둔" '마음의 거리'에서 "두려워 떨며" '기다리'고 있다. '마음의 거리'는, '나'의 기다림이 시와 때를 가리지 않는 마음의 일임을, 그 기다림이 단지 기다림으로만 끝날 수도 있음을 암시한다. 게다가 두려움과 떨림에 사로잡힌 기다림이라면 '우리'의 사랑이 사회적으로 인정받을 수 없는 사랑임을 암시하는 것일 수도 있다. 어쨌

* '눈'을 강조한 데서도 알 수 있듯이 '진주'는 시각적 가치를 지닌 상징물이다.

든 '나'의 기다림이 불행할 뿐만 아니라 절망적인 상황임이 분명하다.

4연에서 시는 전환한다. '내' 귀가 '발자국' 소리를 듣고 있기 때문이다. 그러나 그 발자국 소리가 마돈나의 것인지에 대한 확신은 없다. 9연에서는 이 '발자국' 소리가 '없는 소리'였음을 깨닫고는 스스로가 기다림에 미쳐가고 있는지를 염려한다. 미칠 듯한 기다림에서 비롯되는 광기와 자신에 대한 연민을 실감 나게 표현한 부분이다.

5연 역시 화자의 절박한 기다림의 내면 상태를 표현한다. 그 기다림은 다시 양털처럼 부드러운 바람에도 질식하여 꺼지려는 '마음의 촛불'로 비유되는데, 이 촛불의 이미지는 9연의 피가 마르고 마음과 몸이 타들어가는 상황과 유기적으로 연결된다. 6연에서는 더욱 긴박하게 "오너라 가자"라며 두 행위를 동시에 촉구한다. 새벽이 가까워짐에 따라 앞산 그림자가 도깨비처럼 점점 선명해지고 있기 때문이다. 그리고 여기서 화자는 자신의 행위를 단호하게 표명한다. "너를 부른다"라고.

7연에서는 다시 다급하게 밤의 유한성을 강조한다. 날이 '새려는' 징후로 사원의 쇠북을 등장시킨다. 밤의 끝과 아침의 시작을 알리는 이 '사원의' 쇠북(소리)이 '우리'를 비웃는다는 것은, '우리'의 사랑이 윤리적이고 종교적인 가르침과 어긋나 있음을 암시한다. 그러므로 이 쇠북(소리)이 울리기 전에 "네 손이 내 목을 안"은 채 '오랜 나라'로 가고야 말겠다는 것이다. 이 '오랜 나라'는 '우리'가 함께 가려는 '나의 침실'과 동일한 의미공간이다.

8연에서는 '나의 침실'에 이르는 도정•이 한층 더 구체화된다. '나의 침실'은 두려움과 떨림과 비웃음을 지나 "뉘우침과 두려움의 외나무다리"를 건너야만 이를 수 있는 곳에 있다. 때문에 '나의 침실'을 열 수 있는 사람은 드물며, 또 그만큼 '나의 침실'은 비밀스러운 장소이다. 10연처럼 "언젠들 안갈 수 없는 곳"이고 대부분 끌려가는 곳이므로 '우리' 스스로가 함께, 그리고 먼저 가자고 한다. 그곳이 바로 '부활의 동굴'이기 때문이다.

11연에서는 "밤이 주는 꿈", "우리가 얽는 꿈", "사람이 안고 궁구는 목숨의 꿈"•이 서로 다른 것이 아니기에, 그것들이 하나 되어 '아름답고 오랜' 꿈의 세계가 펼쳐지는 '나의 침실'로 가자고 한다. 그리고 다시 한번 "너를 부른다"는 행위를 강조하면서 마무리하고 있다.

도정 어떤 장소나 상태에 이르기까지의 과정.

• 이것들은 각각, '잠 속의 꿈', '미래에 대한 꿈', '사랑의 꿈' 혹은 '삶의 꿈'으로 바꾸어 읽을 수 있겠다.

부제에서 강조하고, 7연과 12연에서 다시 변주하고 있는 '가장 아름답고 오-랜 것'이란 무엇일까? '가장 아름답고 오-랜 것'은 무엇보다 사랑하는 대상 '마돈나'와 관련된 것이어야 한다. 그렇다면, 그렇게 애타게 불러마지않는 '마돈나'는 누구일까? 이상화의 '마돈나'는 동시대 시인인 한용운의 '님'과 비교될 수 있다. 한용운의 님이 "님만 님이 아니라 기룬 것이 다 님"이듯, 이상화의 마돈나 역시 애타게 부르는 그 모든 대상이다. '나의 작은 아씨'에서 암시하듯 애틋한 사랑의 대상인 동시에 '마리아'에서 암시하듯 종교적인 구원의 힘을 지닌 존재(성모 마리아)이다. 소망의 대상이자 구원의 대상이다. 시인의 꿈을 실현할 수 있도록 도와주는 영원하고 절대적인 존재이기도 하다.

'가장 아름답고 오-랜 것'의 변주인 '오랜 나라'와 '아름답고 오랜 거기'는, '마돈나'와 함께 가야 하는 '나의 침실'의 다른 이름이다. '가장 아름답고 오-랜 것'은 '나의 침실'에 있을 것이다. 그렇다면 '목거지'와 대조되는 이 '나의 침실'은 또한 어떤 곳일까?

'마돈나'를 향한 사랑의 관능성은 '나의 침실'로 수렴된다. 사랑에 빠진 사람들은 서로의 아름다운 육체를 소유하고자 한다. 마돈나에게 '수밀도의 가슴에 이슬이 맺도록' '나의 침실로' '몸만' '달려' 오라고 한 데서도 사랑의 관능성은 이미 충만해 있다. 이러한 육체성은 '눈물', '땀', '피' 등의 시어로도 변용된다. '부활의 동굴'이라는 구절에서 암시하듯 '나의 침실'은 또한 죽음과 재생의 공간이기도 하다. 모든 갈망, 모든 사랑의 끝은 죽음이다. 사랑에는 항상 방해가 따르고 그 방해로 인해 사랑은 고통스러운 파국으로 치닫기도 한다. 그러므로 '나의 침실'은 동굴로 상징되는 죽음으로 도피하고자 하는 열망과, 현실은 물론 죽음까지도 넘어서는 사랑의 완성에 대한 열망을 동시에 담고 있다.

때문에 '오랜 나라'와 '아름답고 오랜 거기'는, 사랑을 죽음으로 완성시키고자 하는 욕망과 그 이면의 아름다움과 불멸에 대한 욕망이 자리잡고 있다. 관능적인 합일이 이루어지는 성적인 장소로서의 성소性所이면서 동시에 종교적인 부활을 가능하게 해주는 성스런 장소로서의 성소聖所라는 이중적인 의미를 지닌다. 특히 3·1운동의 실패로 인한 당시의 절망적인 시대 분위기를 염두에 둔다면, 이 같은 사랑과 죽음과 부활에의 욕망은 조국의 해방에 대한 열망으로도 확대될 수 있겠다.

또한 '가장 아름답고 오-랜 것'이라는 구절에는, 사랑과 죽음이야말로 한없이 아름답고 자유로우며 영원한 것이라는 인식이 깔려 있다. 그러나 '마돈나'가 오지 않는 한, '나의 침실'로 갈 수는 없다. 그토록 애타게 '마돈나'를 부르며 기다리는 까닭이다. 사실 우리의 욕망이란 결코 채워지지 않은 것이고, 삶이란 결핍된 욕망의 산물에 불과하다. 그러므로 이 시는 영원한 사랑에의 열망과 죽음에의 열망을 노래하는 시이지만, 그 이면으로는 채워지지 않는 우리의 낭만적인 열망, 결핍 그 자체인 우리 삶의 현실을 노래한 시이기도 하다. 그러기에 더 멋진 시가 아닌가.

그리고 여기,
부름으로써 고조되는 반복의 진풍경

푸른 산을 '부르고 또 부르는' 시가 있다. 박두진(1916~1998) 시인의 「청산도青山道」이다. 청산青山에 도圖가 아닌 도道를 쓰고 있음에 유의하자. 시인이 꿈꾸는 청산이 일종의 도道의 경지임을 암시하는 것도 같고, 청산을 향한 시인의 간절한 부름이 곧 청산에 이르는 길(과정)임을 암시하는 것도 같다. 어쨌든 그 청산은 '너'로 의인화되고 있으며 "볼이 고운 사람", "눈 맑은, 가슴 맑은, 보고지운 나의 사람", "눈물 어린 볼이 고운 나의 사람", 즉 사랑하는 사람으로 비유되고 있다.

시에 동원된 형용사, 부사의 활용을 보라. 감각적인 수식어를 동반하는 이 점층적이고 반복적인 부름은 청산을 향한 시인의 격렬한 그리움을 고조시킨다. 그리고 행 구분의 역할을 하는 쉼표와 마침표, 감각적인 의성·의태어 들 또한 청산에 살을 입히고 피를 돌게 하여 우리 앞에 끌어다놓고 있다. 생생한 구체성과 현장감, 그리고 격정적인 부름의 어조는 청산의 진풍경이기도 하다. 철철철 흐르고 줄줄줄 울고 총총총 달려오는……

산아. 우뚝 솟은 푸른 산아. 철철철 흐르듯 짙푸른 산아. 숫한● 나무들, 무성히 무성히 우거진 산마루에, 금빛 기름진 햇살은 내려오고, 둥둥 산을 넘어, 흰 구름 건넌 자리 씻기는 하늘. 사슴도 안 오고 바람도 안 불고, 넘엇골 골짜기서 울어오는 뻐꾸기……

산아. 푸른 산아. 네 가슴 향기로운 풀 밭에 엎드리면, 나는 가슴이 울어라. 흐르는 골짜기 스며드는 물소리에, 내사● 줄줄줄 가슴이 울어라. 아득히 가버린 것 잊어버린 하늘과, 아른아른 오지 않는 보고 싶은 하늘에, 어쩌면 만나도질● 볼이 고운 사람이, 난 혼자 그리워라. 가슴으로 그리워라.

티끌 부는 세상에도 버레● 같은 세상에도 눈 맑은, 가슴 맑은, 보고지운● 나의 사람. 달밤이나 새벽 녘, 홀로 서서 눈물 어린 볼이 고운 나의 사

숫한 숱한(아주 많은), 순박하고 어수룩한.
내사 내가, 난.
만나도질 만나게도 될.
버레 벌레.
보고지운 보고 싶은.

람. 달 가고, 밤 가고, 눈물도 가고 티어올• 밝은 하늘 빛난 아침 이르면, 향기로운 이슬밭 푸른 언덕을, 총총총 달려도 와줄 볼이 고운 나의 사람.

푸른 산 한나절 구름은 가고, 골 너머, 골 너머, 뻐꾸기는 우는데, 눈에 어려 흘러가는 물결 같은 사람 속, 아우성쳐 흘러가는 물결 같은 사람 속에, 난 그리노라. 너만 그리노라. 혼자서 철도 없이 난 너만 그리노라.

—박두진, 「청산도靑山道」(『해』 수록, 청만사, 1949)

티어올 터올.

청춘의 백미,
절망의 절창으로서 '비애'

오장환 「The Last Train」

최승자 「그리하여 어느 날, 사랑이여」

오 장 환

1918년 충북 보은에서 태어났다. 휘문고보와 메이지 대학 전문부에서 수학했다. 1933년 『조선문학』에 「목욕간」을 발표하면서 등단했다. '낭만', '시인부락', '자오선' 동인으로 활동했다. 해방 이후 급격한 변화를 보이면서 현실 참여적인 시들을 창작하던 중 1948년 월북했다. 시집으로 『성벽』 『헌사』 『병든 서울』 『나 사는 곳』 등이 있다. 1951년 사망한 것으로 알려져 있다.

최 승 자

1952년 충남 연기에서 태어났다. 고려대 독문과에서 수학했다. 1979년 계간 『문학과지성』에 「이 시대의 사랑」 외 4편을 발표함으로써 시단에 등장했다. 시집으로 『이 시대의 사랑』 『즐거운 일기』 『기억의 집』 『내 무덤 푸르고』 『쓸쓸해서 머나먼』 『물 위에 씌어진』 등이 있다.

"너를 마지막으로 나의 청춘은 끝이 났다. 우리의 사랑은 모두 끝났다"라는 유행가 가사라든가, "잘 가라 내 청춘"이라는 시 제목이라든가, "사랑을 잃고 나는 쓰네"와 같은 시 구절은 굳이 외우려 하지 않아도 입술 끝에 척척 달라붙곤 한다. 특히 청춘에 관한 **아포리즘**은 서정적이면서도 강렬한 시적 활기를 준다.

어둠과 방황과 상처, 불안과 고뇌와 죽음은 청춘을 낭만화하고 신비화한다. 그것들은 시대와 민족을 막론하고 청춘이 거쳐야 하는 모질고도 거친 열병과도 같다. 통과제의의 징후이자 산물이라고나 할까. 그러기에 청춘을 질풍노도에 비유하지 않던가. 청춘이 찬란할수록 사랑은 들뜨고, 꿈과 이상은 순수하고, 열정과 신념은 단단하고, 용기와 저항은 뜨겁고, 현실비판은 첨예•하다. 청춘은 스스로를 불사를 불을 찾아 떠도는 불나비와 같은 존재가 아니던가. 그러기에 청춘의 모든 열망은 얼마간은 추상적이고 얼마간은 절박하고, 늘 불가능한 것을 향해 있기에 비극적이기 마련이다. 열망이 큰 만큼 좌절과 상처도 클 것이다.

아포리즘 aphorism 깊은 진리를 간결하게 표현한 말이나 글. 격언, 금언, 잠언, 경구 따위를 이른다.

첨예 상황이나 사태 따위가 날카롭고 격한.

그런 청춘이 식민, 전쟁, 분단, 독재와 같은 '병든 역사' 혹은 '병든 시대'를 짊어지고 가야 한다면 더욱 가혹한 열병을 앓게 될 것이다. 식민지 상황이라는 병든 역사의 한가운데 청춘의 방황과 좌절을 아포리즘화하고 있는 시 한 편을 소개한다. 오장환(1918~1951) 시인이 21세 때 썼다는 이 시에는 그의 초기시의 특징인 낭만적인 우수와 절망적인 시대의식이 잘 드러나 있다.

저무는 역두•에서 너를 보냈다.

비애야!

개찰구에는

못 쓰는 차표와 함께 찍힌 청춘의 조각이 흩어져 있고

병든 역사歷史가 화물차에 실리어간다.

대합실에 남은 사람은

아직도

누굴 기다려

나는 이곳에서 카인•을 만나면

목 놓아 울리라.

역두 역전. 역 앞.

카인 구약 성경에 나오는 아담과 하와의 맏아들. 자기의 제물이 하나님에게 받아들여지지 않고 아우 아벨의 제물이 받아들여지자, 이를 시기하여 동생을 돌로 쳐서 죽였다.

> 거북이여! 느릿느릿 추억을 싣고 가거라
>
> 슬픔으로 통하는 모든 노선路線이
>
> 너의 등에는 지도처럼 펼쳐 있다.
>
> — 오장환, 「The Last Train」(『비판』 발표, 1938)

저무는 역두에서 너를 보냈다, 비애야!

이 첫 구절은 많은 평론가들에 의해 "시대 정신의 백미*", "절망의 절창", 혹은 "당시 젊은이들의 절망적, 허무적 정서를 가장 잘 표현한 구절"로 평가되었다. 아포리즘 형식을 취하는 시 구절은 많은 사람들의 가슴에 오래 기억되며 많은 사람들의 입에 오르내리기 마련이다. 짧고 간결한 문장으로 표현되어 외우기 쉽고, 견자見者의 성찰을 담고 있어 배움이 있으며, 화려한 수사의 옷을 입고 있어 오래 기억되기 때문이다.

날이 저무는 역두에 깔린 서정적 절박감은 차치하고라도, "비애야!"라고 짧게 부르는 한마디가 환기하는 그 서정적 여운은 크다. 표현 자체는 단호하나 서늘한 슬픔을 담고 있다. 돈호, 도치, 의인화의 수사법이 구사되고 있으며 그 시적 의미 또한 여백을 향하여

백미 흰 눈썹이라는 뜻으로, 여럿 가운데에서 가장 뛰어난 사람이나 훌륭한 것들을 비유적으로 이르는 말. 중국 촉한蜀漢 때 마량馬良의 다섯 형제가 모두 재주가 있었는데 그중에서도 눈썹 속에 흰 털이 난 량良이 가장 뛰어났다는 데서 유래한다.

열려 있다. 화자는 저물녘의 기차역에서 '너'를 보낸다. 그렇게 보내는 '너'를 화자는 비애라 부른다. 저물어가는 기차역을 뒤로 한 채 마지막 기차가 출발하고 한 사람이 쓸쓸하게 남는다. 저물어가는 한 시대 속에서, 무어라 말하기 힘든 청춘의 시간을 추억하면서 그 청춘에 결별을 고하는 극적인 순간이 섬세하게 포착된 구절이다. '비애'라는 시어가 청춘과 만날 때 그 정서의 시적 휘발성* 은 더욱 강력해진다.

역두에서 보내는 '너'는 누구 혹은 무엇?

시의 공간이 역두에서 개찰구, 대합실로 이동하면서 떠나보내는 '너'의 실체는 애매해진다. 1연의 '역두'에서는 '비애'였다가, 2연의 '개찰구'에서는 '청춘'과 '병든 역사'로 변용되다가, 5연에서는 '거북이'가 된다. 이것들은 모두 제목으로 제시된 '마지막 열차'에 수렴된다.

제일 먼저 떠나보낸 '비애'는 추상화된 관념이다. '비애'를 구체화시키기 위해 화자는 개찰구에서 그 흔적들을 찾는다. 개찰의 표시로 가위질당한 '못 쓰는 차표'가 바닥에 어지럽게 흩어져 있다. 그 못 쓰는 차표를 '청춘의 조각'에 비유한다. '청춘의 조각'을 '못

휘발성 보통 온도에서 액체가 기체로 되어 날아 흩어지는 성질.

쓰는 차표'로 인식하는 것은 청춘이 끝났음을, 끝난 청춘에 대한 회한을 암시한다.

그리고는 '병든 역사'가 화물차에 실려가는 것을 본다. 의도적으로 '역사'의 한자를 노출하고 있는데 1연의 '역두' 때문에 '驛舍'만을 떠올릴까봐 일부러 '歷史'라고 표기하고 있다. 공간으로서의 '역사'와 시간으로서의 '역사'를 모두 취함으로써 동음이의어를 적극 활용하고자 하는 의도로 보인다.

특히 '역사歷史'라는 시어 때문에 시인이 몸담고 있던 1930년대 후반의 시대적 상황을 떠올리게 되는데, '병든'이라는 수식에 의해 부정적인 시대인식을 엿볼 수 있다. 이는 '청춘'이라는 시어에서 암시하고 있듯 개인적인 역사를 가리키기도 한다. 개인적인 삶의 편력에서 비롯되는 청춘에의 절망이, 곧 일제에 강점당하고 서구문명에 침식당한 시대적인 절망과 무관하지 않음을 암시한다. 아무튼 '조각난' 청춘과 '병든' 역사가, 화자가 떠나보낸 비애의 실체인 것이다. 청춘이 조각난 채 바닥에 '흩어져 있'고, 역사가 병든 채 '화물차에 실리어' 가고 있다는 데서 비애감은 더해간다.

3, 4연부터 시의 의미는 애매해진다. 이를테면 이런 물음들 때문이다. 첫째, 그 "대합실에 남은 사람"은 누구인가? 나인가, 제3의 인물인가, 나를 포함한 불특정다수인가? 둘째, "아직도 누굴 기다"리는데, 기다리는 대상은 누구인가? 카인인가, 제3의 인물인가? 셋째, 왜 하필 '카인'과의 만남을 가정하는가, 또 카인을 만나면 왜 "목 놓아 울"겠다는 것인가? 넷째, 기다리는 대상과 만날 대상은 동일 인물인가 다른 인물인가?

저물녘의 기차역은 경계의 시공간이다. 저물녘은 낮에서 밤으로 넘어가는 시간이며, 역두는 보내는 공간이면서 맞이하는 공간이기도 하다. 2연의 '개찰구'가 떠남의 공간이었다면 3연의 '대합실'은 기다림의 공간이다. 어쨌든, 화자는 마지막 기차에 누군가(무엇)를 떠나보냈지만 "대합실에 남은 사람"은 아직도 누굴 기다린다. '아직도'라는 부사에 기다림의 의지가 담겨 있다는 점, 기다림의 장소가 '대합실'이라는 점 때문에 그 기다림이 절망적이지만은 않다.

그런데 누가 누구를 기다리는 걸까? 이육사의 「광야」처럼 '초인의식•'이 반영된 구절일까? 그러니까 화자인 '나'를 포함해 많은 불특정다수들이 당대와 민족을 구원해줄 영웅 혹은 지도자를 기다

초인의식 보통 사람으로는 생각할 수 없을 만큼 뛰어난 능력을 가진 사람이 할 수 있는 정신이나 의식.

리고 있는 것일까? 허나 그 기다림에 대한 믿음은 확고하지 않다. 오히려 회의적이기까지 하다. 마지막 열차는 떠났고 당장은 그 누구도 올 리가 없다. 그러한 기다림 끝에 카인을 만나게 되면 "목 놓아 울리라"는 화자의 토로는 기다림이 절실했던 만큼 그 헛된 기다림에 대한 허무의식을 대변하고 있다. 그런 의미에서 '카인'의 등장은 돌연• 해 보이지만 어찌 보면 계산된 것이기도 하다.

'청춘'이 개인적 차원이고 '역사'가 민족적·시대적 차원이라면, '카인'은 종교적 차원이다. 청춘이 조각나고 역사가 병들었듯이, 카인 또한 방황과 타락과 죄와 악에 물든 존재이다. 마지막 열차 뒤에 오는 사람이 카인이라는 데서 시인의 절망의식과 허무의식을 엿볼 수 있다. 특히 기다림의 대상이 '카인'이라면 당대의 현실상황에 대한 시인의 자학적인 위악은 극대화된다. 근대적 진보와 계몽을 거부한 근대적 탕아의식 혹은 부정의식의 상징으로 해석할 수도 있다.

4연에서 카인을 만나면 '목 놓아 울겠다'는 말은 카인의 운명을 자처하겠다는 선언이기도 하다. 이마에 죄인의 징표를 달고 살았던 카인처럼, '못 쓰게' 버려진 청춘이나 '병든' 역사를 거느리며 살아온 삶에 대한 회한•과 연민을 드러낸다. 형제 살해라는 돌이킬 수 없는 죄를 짓고 광야를 방랑하는 저주받은 카인의 이미지가,

돌연 예기치 못한 사이에 급히.
회한 뉘우치고 한탄함.

1930년대 후반의 시대현실에 고통스러워했던 청년 시인들의 혹독한 운명과 닮아 있었기 때문일까? 그러므로 '목 놓아 울' 그 울음은 카인으로 상징되는 비극적 운명에 대한 공감과 거기서 비롯되는 절규라 할 수 있다.

왜 '거북이'일까, 거북이 등에 펼쳐진 지도란?

마지막 연에서 느릿느릿 추억을 싣고 가는 거북이의 등장도 돌연하기는 마찬가지다. 거북이는 무겁고 느릿느릿하다. 딱딱한 등껍질에는 육각형 무늬가 새겨져 있다. 마지막 연에서 화자는 거북이의 등껍질에 새겨진 딱딱한 무늬에서 운명의 '지도'를 보고, 그 무겁고 느린 특성에서 '슬픔'을 이끌어낸다. 그리고 이것들을 다시 철도와 겹쳐놓음으로써 '슬픔의 노선'으로 구체화시킨다.

기차는 정해진 시간에 정해진 곳을 오간다. 철도의 노선은 그러한 기차의 규칙과 질서를 지도화시켜놓은 것이다. 그것은 거북이의 등껍질처럼 규격화된 근대화의 무늬이기도 하다. 그 무늬의 유사성으로 인해, 추억을 싣고 슬픔으로 통하는 예정된 길을 묵묵히 가는 거북이는 열차와 겹쳐진다. 1연의 '비애'가 차표와 화물차를 거쳐, 거북이로 구체화되어 '마지막 기차'가 되는 것이다.

이는 곧 청춘과 역사의 허물을 껴안고 '슬픔으로 통하는' 운명의 길을 가는 식민지의 청년 시인 오장환의 자화상이자 1930년대 청춘들의 상징이다. 이들이 곧 카인의 후예들이기도 할 것이다. 그런 의미에서 이 '마지막 기차'는 한 개인의 인생과 한 사회를 역사를, 나아가 원죄를 지닌 인류의 역사를 상징한다. 'The Last Train'이라는 영어 제목은 그러한 막막함과 비장함을 돋보이게 한다. "저무는 역두에서 너를 보냈다./ 비애야!"라는 첫 구절과 어울리는 제목이다. 그러나, '마지막 기차'는 '슬픔으로 통하는' 선로를 벗어날 수 있을 것인가? 그 기차에 병든 역사歷史를 떠나보낸 화자에게 새로운 역사는 도착할 것인가?

그리고 여기,
치욕의 기다림과 시대의 사랑

독재와 폭압정치로 점철* 되었던 한 시대를 배경으로 또다른 청춘을 떠나보내고 있는 시, 최승자(1952~) 시인의 「그리하여 어느 날, 사랑이여」가 있다. 최승자 시인은 1980년대를 비유가 아니라 '구체적인' '벽'으로서의 현실을, '콘크리트concrete'라는 단어 그 자체처럼 견뎌내고자 한다. "오늘의 닭고기를 씹"으며, "오늘의 눈물을 삼"키면서 견뎌내고자 한다. 그 견딤은 치욕적인 기다림이다.

* 점철 관련이 있는 상황이나 사실 따위가 서로 이어짐.

이 기다림이 결국 현실이라는 콘크리트에 의해 "꺾여"지고 말지라도, 아니 "다만 무참히 꺾여지기 위하여" "살아/ 기다리"겠다고 한다. 꺾인 채 꽃병에 꽂혀서라도 기다리겠다고 한다. 이 결연* 한 치욕의 견딤과 치욕스런 기다림이 이 시의 고통스런 역설을 완성한다.

그러기에 "사랑한다는 것은 너를 위해/ 살아,/ 기다리는 것이다,/ 다만 무참히 꺾여지기 위하여"라든가, "그리하여 어느 날 사랑이여,/ 내 몸을 분질러다오./ 내 팔과 다리를 꺾어// 네// 꽃/ 병/ 에// 꽂/ 아/ 다/ 오"라는 절규는 강렬하고 절박하다.

> 한 순갈의 밥, 한 방울의 눈물로
>
> 무엇을 채울 것인가,
>
> 밥을 눈물에 말아먹는다 한들.
>
> 그대가 아무리 나를 사랑한다 해도
>
> 혹은 내가 아무리 그대를 사랑한다 해도
>
> 나는 오늘의 닭고기를 씹어야 하고
>
> 나는 오늘의 눈물을 삼켜야 한다.
>
> 그러므로 이젠 비유로써 말하지 말자.
>
> 모든 것은 콘크리트처럼 구체적이고
>
> 모든 것은 콘크리트 벽이다.

결연 마음가짐이나 행동에 있어 태도가 움직일 수 없을 만큼 확고함.

비유가 아니라 주먹이며,

주먹의 바스라짐이 있을 뿐,

이제 이룰 수 없는 것을 또한 이루려 하지 말며

헛되고 헛됨을 다 이루었다도고도 말하지 말며

가거라, 사랑인지 사람인지,

사랑한다는 것은 너를 위해 죽는 게 아니다.

사랑한다는 것은 너를 위해

살아,

기다리는 것이다,

다만 무참히 꺾여지기 위하여.

그리하여 어느 날 사랑이여,

내 몸을 분질러다오.

내 팔과 다리를 꺾어

네

꽃

병

에

꽂

아

다

오

―최승자, 「그리하여 어느 날, 사랑이여」(『즐거운 일기』 수록, 문학과지성사, 1984)

새파란 청춘의 언어로 노래하는
‘페시미즘의 미래’

박인환 「목마와 숙녀」

—

기형도 「그집 앞」

박 인 환

1926년 강원도 인제에서 태어났다. 경성제일고보를 거쳐 평양의학전문학교를 중퇴했다. 1946년 국제신보에 「거리」를 발표하며 작품 활동을 시작했다. 1949년 동인그룹 ‘후반기’를 발족하여 활동하였으며 5인 합동시집 『새로운 도시와 시민들의 합창』을 발간하여 본격적인 모더니즘의 기수로 주목받았다. 시집으로 『박인환 시선집』 『목마와 숙녀』 등이 있다. 1956년 작고했다.

기 형 도

1960년 인천광역시 연평에서 태어났다. 연세대학교 정치외교학과를 졸업했다. 1984년 중앙일보에 입사하여 정치부, 문화부, 편집부 등에서 기자 생활을 하던 중 1985년 동아일보 신춘문예에 시 「안개」가 당선되어 등단했다. 이후 음울한 어조의 개성 강한 시들을 발표하다 1989년 3월 종로의 한 극장에서 뇌졸중으로 요절했다. 유고시집으로 『입 속의 검은 잎』이 있다.

낭독하기에 좋은 시에는 리듬감이 살아 있다. 시에서 리듬을 형성하는 요소들은 많다. 그 대표적인 요소가 운율韻律이다. '운'이 위치의 반복이라면, '율'은 길이의 반복이다. 일정한 위치에 동일한 소리를 반복하는 것을 '압운'이라 한다. 두頭, 머리운, 요腰, 허리운, 각脚, 다리운이라는 말은 동일한 소리가 앞, 중간, 뒤에서 반복된다는 의미다. "문학이 죽고 인생이 죽고"의 경우 '죽고'가 뒤에 반복되기 때문에 각운을 이룬다. 반면 일정한 소리의 간격으로 호흡을 끊어 읽는(말하는), 동일한 길이를 반복하는 것을 '율격'이라 한다. 동일한 길이를 이루는 소리의 마디를 '음보'라 한다. "한 잔의/ 술을/ 마시고"는 3음보로 이루어진 행이며 "우리는/ 버지니아/ 울프의/ 생애와"는 4음보로 이루어진 행이다.

그러나 압운이나 율격만으로는 우리 현대시의 다양한 리듬을 설명해낼 수는 없다. 실제로 리듬은 언어의 소리가 어떻게 반복(병렬 혹은 대구를 포함)되느냐에 따라 변화무쌍하게 형성된다. 비단 소리만이 아니라 기승전결, 생로병사, 춘하추동이라든가 시작과 끝, 만남과 이별 등의 구조, 의미, 시공간 들조차도 리듬 형성에 기여한다. 그러므로 리듬에 기여하는 요소란 무궁무진하다. 우리 현대시의 리듬 양상과 그 형성 요인이 그만큼 다양하다는 말이다.

박인환(1926~1956) 시인의 「목마의 숙녀」는 낭독의 아름다움을 한껏 발휘할 수 있는 대표적인 시이다. 현실적 맥락을 떠올리게 하는 구체적인 이야기, 인생의 진리를 간결하게 표현한 빛나는 구절, 반복되는 시어와 감각적인 이미지 구사, 화려한 비유 속에 감춰진 애매모호한 시적 의미, 서술어를 다양하게 활용한 유려한• 호흡 등이 이 시를 즐겨 낭독하게 하는 아름다움의 조건일 것이다.

> 한 잔의 술을 마시고
>
> 우리는 버지니아 울프의 생애와
>
> 목마를 타고 떠난 숙녀의 옷자락을 이야기한다
>
> 목마는 주인을 버리고 거저• 방울 소리만 울리며
>
> 가을 속으로 떠났다 술병에 별이 떨어진다
>
> 상심한 별은 내 가슴에 가벼웁게 부서진다
>
> 그러한 잠시 내가 알던 소녀는
>
> 정원의 초목 옆에서 자라고
>
> 문학이 죽고 인생이 죽고
>
> 사랑의 진리마저 애증의 그림자를 버릴 때
>
> 목마를 탄 사랑의 사람은 보이지 않는다

유려한 글이나 말, 곡선 따위가 거침없이 미끈하고 아름다운.

거저 그저(어쨌든지, 무조건).

세월은 가고 오는 것
한때는 고립을 피하여 시들어가고
이제 우리는 작별하여야 한다
술병이 바람에 쓰러지는 소리를 들으며
늙은 여류작가의 눈을 바라다보아야 한다
……등대에……
불이 보이지 않아도
거저 간직한 페시미즘•의 미래를 위하여
우리는 처량한 목마 소리를 기억하여야 한다
모든 것이 떠나든 죽든
거저 가슴에 남은 희미한 의식을 붙잡고
우리는 버지니아 울프의 서러운 이야기를 들어야 한다
두 개의 바위 틈을 지나 청춘을 찾은 뱀과 같이
눈을 뜨고 한 잔의 술을 마셔야 한다
인생은 외롭지도 않고
거저 잡지의 표지처럼 통속하거늘
한탄할 그 무엇이 무서워서 우리는 떠나는 것일까
목마는 하늘에 있고
방울 소리는 귓전에 철렁거리는데
가을바람 소리는
내 쓰러진 술병 속에서 목메어 우는데

—박인환, 「목마와 숙녀」(『박인환 시선집』 수록, 산호장, 1955)

페시미즘 염세주의. 비관주의. 세계나 인생을 불행하고 비참한 것으로 보며, 개혁이나 진보는 불가능하다고 보는 경향이나 태도.

왜 '목마'와 '숙녀'일까

한 고등학생이 이렇게 질문해왔다. "「목마와 숙녀」라는 시에서 '목마'의 상징적 의미가 우수를 뜻한다는데요 정말 이해가 안 갑니다. 설명해주세요!" '우수'라…… 참고서를 뒤적여보니 "목마 : 절망, 불안, 애상을 상징"이라고 요약되어 있다. 그게 설명이 전부이다. 그런데, 정말, 왜, 목마가 우수를 뜻하고 절망과 불안과 애상을 상징할까? 사실은 내게도 설명이 좀 필요한 대목이다.

'목마'나 '숙녀'라는 말은 조금은 낯설다. 서양에서 온 말들이다. 이 시가 쓰인 1950년대 중반에는 더 익숙하지 않았을 것이다. 나무로 말 모양을 깎아 만든 목마木馬에는, 활 모양의 받침대를 붙여 앞뒤로 요동시킬 수 있는 흔들목마와 전동기로 돌아가게 만든 회전목마가 있다. 교양이나 지적 수준이 높은 상류층의 성숙한 여성을 일컫는 숙녀라는 말이 우리에게 없었던 것은 아니지만 아가씨, 처자, 처녀라는 일상어에 비하면 그 쓰임새가 적었던 것은 분명하다. '소녀', '정원', '등대', '잡지' 등도 근대문명의 유입과 더불어 우리에게 익숙해진 말들인바, 모더니스트 박인환에게 포착된 이국적인 시어들이다. 버지니아 울프나 페시미즘 같은 외래어는 말할 나위도 없다.

그러기에 '목마'와 '숙녀'는 이국적인 낭만, 때 묻지 않은 순수를 떠올리게 한다. 또한 목마의 다리가 땅바닥에 붙어 있지 않고 숙녀가 통속적인 현실과 어울리지 않듯, 목마와 숙녀는 비현실적인 꿈이나 이상 등을 떠올리게 한다. 현실에 쉽게 뿌리내릴 수 없고 금세 사라져버리는 것들이다. 목마와 숙녀뿐 아니라 별, 문학, 계절, 사랑, 인생도 모두 떠나고, 떨어지고, 부서지고, 죽고, 버려지고, 보이지 않는다. 그런 의미에서 전체적인 시의 정조가 절망적이고 불안하고 애상적•이라고는 할 수 있겠다. 게다가 떠나고 사라진 것들의 대표적 상징물이 목마와 숙녀라면, 애수•의 상징물이 목마라고도 할 수 있겠다.

그러나, 보다 엄밀히 말하자면, 이 시는 냉혹한 시간의 법칙 내지는 폭력적인 현실의 법칙을 노래하고 있다. 세월은 기다려주지 않고 현실은 늘 변해간다는 한 문장으로 요약될 수 있을 것이다. 6·25전쟁 직후인 1950년대의 우리 현실 앞에서 '목마'와 '숙녀'로 상징되는 우리가 동경하는 순수, 우리가 꿈꾸는 소중한 가치란 한낱 백일몽에 지나지 않음을 노래한 것이고, 희망을 향해 쉽사리 열리지 않는 시대적·역사적 현실과 마주하고 선 시적 자아의 절망과 불안을 노래한 것이다.

애상적 슬퍼하거나 가슴 아파하는.
애수 마음을 서글프게 하는 슬픈 시름.

시에서 두 번이나 반복되는 '버지니아 울프'를 누군가는 '버지니아 계곡에 사는 늑대'로 해석했다는 우스갯소리도 있지만, 실제로 영국의 소설가이자 모더니스트이자 페미니스트•였던 '버지니아 울프' Virginia Wolf, 1882~1941의 서러운 삶과 죽음을 알아야 이 시의 주제와 정서를 제대로 파악할 수 있다. 이 시가 버지니아 울프의 죽음을 추모하는 비가悲歌• 형식을 취하고 있기 때문이다. 버지니아 울프의 생애와 떠나가는 모든 것들의 상징물로 '목마와 숙녀'를 내세운 까닭이고, '등대에'라는 구절로 『등대로To the lighthouse』라는 그녀의 쓴 소설을 암시하고 있는 까닭이고, 또한 이 시가 애잔한 슬픔의 정조를 띠는 까닭이다.

그렇다면 '버지니아 울프의 생애'와 '버지니아 울프의 서러운 이야기'는 무얼까? 버지니아 울프는 2차 세계대전 한가운데서 60세의 나이로 주머니에 돌을 가득 넣고 우즈 강에 뛰어들었다. "저는 지난 30년 동안 남성중심의 이 사회와 부단히 싸웠습니다. 오로지 글로써, (중략) 지금 온 세계가 전쟁을 하고 있습니다. 제 작가로서의 역할은 여기서 중단되어야 할 것입니다. 추행과 폭력이 없는 세상, 성차별이 없는 세상에 대한 꿈을 간직한 채 저는 지금 저 강물을 바라보고 있습니다"라는 유서를 남긴 채.

페미니스트 여권 신장 또는 남녀평등을 주장하는 사람.
비가 슬프고 애잔한 노래.

의붓오빠들의 성추행, 어릴 적에 맞닥뜨렸던 부모의 죽음, 동성애, 젊은 예술가들의 모임, 남동생 친구와의 정신적 결혼, 정신질환, 잦은 자살시도, 전쟁체험 등으로 이어졌던 그녀의 파란만장한 생애는, 폭력적인 백인 남성 중심 사회에서 시달렸던 여성의 삶을 대변한다. 그런 사회에서 고통스러워했을 여성작가의 절망과 피로가 '늙은 여류작가의 눈'에 담겨 있을 것만 같다. 그녀는 결국 자살함으로써 문학의 패배, 사랑의 상실, 인생의 허무를 인정했으며 반대로 자살을 통해 그것들에 저항했던 것이다.

박인환은 그런 버지니아 울프의 생애를 전쟁 이후라는 시대현실과 시인의 삶 속에 끌어오고 있다. 일제강점기에 태어나 20세에 해방을 맞았고 25세에 전쟁을 겪었던, 불행한 현대사를 고스란히 살아온 박인환에게도 당시의 현실은 폭력과 광기 그 자체였을 것이다. "두 개의 바위 틈을 지나 청춘을 찾은 뱀"이야말로 두 개의 이데올로기로 인한 전쟁과 분단과 같은 폭력적인 현실의 상징이 아닐까. 어쨌든 이러한 현실은 시인 박인환이, 인간에 대한 가치와 신뢰를 상실하고 죽음을 택할 수밖에 없었던 버지니아 울프의 생애에 매료● 되었고 그녀의 죽음을 추모했던 간접적인 이유로 작용했을 것이다.

매료 사람의 마음을 완전히 사로잡아 홀리게 함.

이 시의 시간적 배경은 조락•의 계절, 가을이다. 별과 등대와 바람이 있고, 무엇보다 술이 있고 술병이 쓰러져 있는 가을밤이다. 박인환은 특히 조니 워커라는 술을 좋아했는데, 이 시를 발표하고 5개월 후 세상을 떠났다. 시인 이상李霜을 추모하며 연일 계속했던 과음이 원인이었다. 이 시도 어쩐지 한 잔의 술을 마시고 일필휘지•로 쓴 듯하다. 목마를 타던 어린 소녀가 숙녀가 되고, 목마는 숙녀를 버리고(숙녀가 목마를 버린 게 아니다!) 방울 소리만 남긴 채 사라져버리고, 소녀는 그 방울 소리를 추억하는 늙은 여류작가가 되고…… '버지니아 울프의 생애'로 요약되는 서사이고, 냉혹하게 '가고 오는' 세월이다.

무려 네 번이나 반복되는 '거저'라는 부사는 이 시의 정서와 의미 구현에 중요한 역할을 한다. 시 전체를 통해 문학—인생—사랑, 과거—현재—미래의 트라이앵글은, 취함과 조락과 허무를 상징하는 술—가을—바람의 트라이앵글 속에 쉽게 녹아든다. 그 무의미함과 허무의식이 '페시미즘의 미래'와 '거저'•라는 시어에 압축되어 있다. 특히 이 '거저'라는 부사에는 떠나고 사라지고 죽어가는 것들을 막막히 바라보고 받아들이는 태도가 드러나고 있다. 비전 없는 시대의 비전 없음에 대한 객관적인 현실인식의 태도라 할 수

조락 초목의 잎 따위가 시들어 떨어지게 되다.
일필휘지 글씨를 단숨에 죽 내리 씀.

• '거저'의 사전적 의미는 ① 공짜로, 조건 없이, 아무런 노력이나 대가 없이, ② '그저'(변함없이 이제까지, 아직 그대로, 특별한 목적이나 이유 없이, 무조건, 어쨌든지)의 경상북도 포항지방의 사투리, ③ (북한어) 아무 일도 함이 없이 등이 있다. 『시작』(1955년 10월호)에 발표할 때에는 '그저'라고 썼으나 첫시집 『박인환 선시집』(산호장, 1955년 10월)에는 '거저'로 표기되어 있으니 ②의 뜻에 가까울 것이다.

도 있겠으나, 김수영이 그를 향해 '대책 없는 센티멘털리스트*'라며 몰아붙였던 막막한 현실대응의 태도이기도 할 것이다.

이 '거저'의 세계관은 시의 어조에도 영향을 미친다. 시의 어조는 '~한다'와 '~해야 한다'로 시작해서 '거저'를 반복하면서 '~하는 것일까'와 '~하는데'로 마무리되고 있다. 객관적이고 당위적인 서술로 시작했으나 모호한 체념의 여운을 남긴 채 끝맺고 있다. 이 '거저'는, 떠난 것들과 남아 있는 것들, '~해야 하는' 것들과 '~하는데'의 것들, 무의미하게 떠나가는 것들과 무서워서 떠나는 것들, 그 사이의 막막한 견딤을 반영하는 부사다. 또한 ~하고, ~하며, ~하거늘, ~하는데 등의 연결어미를 활용해 길고 유장한* 리듬을 구축하고 있는데, 이렇게 산문화된 리듬은 그 막막한 견딤에서 비롯되는 넋두리를 닮은 호흡일 수도 있겠다.

그리고 여기,
사람의 상실을 고백하는 청춘의 비감

박인환의 시를 읽다보면 문득 기형도(1960~1989) 시인의 시가 떠오른다. 박인환은 전쟁 이후의 상실과 비애를, 기형도 시인은 군부독재로 인한 상실과 비애를 새파란 청춘의 언어로 노래했다. 그

센티멘털리스트 정서적인. 지나치게 감성적인.
유장한 길고 오래된.

들의 시에는 화려한 수사와 청춘의 비감悲感, 모호하게 극적인 서사와 유려한 호흡이 있다. 무엇보다 섬세한 감각과 언어가 있다.

"모든 것이 나의 잘못"이었던 그 겨울의 술집에서는 도대체 무슨 일이 일어났던 것일까? 사내들 모두가 취했고 고함 소리가 오갔고 나 또한 흐느꼈던 그날은 "마구 취한 겨울이었"다. "난 못생긴 입술을 가졌네"라는 걸 보면 말실수를 했거나 잘못된 입맞춤을 했을지도 모른다. 아무튼 화자는 "그토록 좁은" 그 술집에서 '못생긴 입술' 때문에 사랑을 잃었다고 고백하고 있다.

화자의 의식이 술, 취함, 비틀거림을 따라 흐르며 방향성을 상실하고 있다는 점에서 박인환 시인의 시와 흡사하다. 버지니아 울프는 3월 28일에 강물에 뛰어들었고, 박인환 시인은 3월 20일에 시인 이상의 기일을 추모하다 만취 상태로 죽었고, 기형도 시인은 3월 7일에 한밤의 삼류극장 객석에 앉은 채 뇌졸중으로 죽었다. 모두 꿈같은 봄날에 문학과 사랑과 인생을 떠나보냈다. 박인환 시인이 31세였고 기형도 시인이 30세였다.

> 그날 마구 비틀거리는 겨울이었네
>
> 그때 우리는 섞여 있었네
>
> 모든 것이 나의 잘못이었지만

너무도 가까운 거리가 나를 안심시켰네

나 그 술집 잊으려네

기억이 오면 도망치려네

사내들은 있는 힘 다해 취했네

나의 눈빛 지푸라기처럼 쏟아졌네

어떤 고함 소리도 내 마음 치지 못했네

이 세상에 같은 사람은 없네

모든 추억은 쉴 곳을 잃었네

나 그 술집에서 흐느꼈네

그날 마구 취한 겨울이었네

그때 우리는 섞여 있었네

사내들은 남은 힘 붙들고 비틀거렸네

나 못생긴 입술 가졌네

모든 것이 나의 잘못이었지만

벗어둔 외투 곁에서 나 흐느꼈네

어떤 조롱*도 무거운 마음 일으키지 못했네

나 그 술집 잊으려네

이 세상에 같은 사람은 없네

그토록 좁은 곳에서 나 내 사랑 잃었네

—기형도 「그집 앞」(『입 속의 검은 잎』 수록, 문학과지성사, 1991)

조롱 비웃거나 깔보면서 놀림.

농악과 춤에 깃든 '우리'의 신명

신경림 「농무」

정호승 「맹인 부부 가수」

신 경 림

1935년 충북 충주에서 태어났다. 동국대 영문과를 졸업했다. 1956년 『문학예술』에 「갈대」 등이 추천되어 작품활동을 시작했다. 시집으로 『농무』 『새재』 『달 넘세』 『가난한 사랑노래』 『길』 『쓰러진 자의 꿈』 『어머니와 할머니의 실루엣』 『뿔』 『낙타』 등이 있다. 동국대 석좌교수로 있다.

정 호 승

1950년 하동에서 태어났다. 경희대 국문과와 동대학원을 졸업했다. 1973년 대한일보 신춘문예에 시가 당선되어 등단했다. 시집으로 『슬픔이 기쁨에게』 『서울의 예수』 『새벽편지』 『별들은 따뜻하다』 『사랑하다가 죽어버려라』 『외로우니까 사람이다』 『눈물이 나면 기차를 타라』 『이 짧은 시간 동안』 『포옹』 『밥값』 등이 있다.

::

시와 삶과 사회와 시대는 한통속이다. 유독 시에만 '인人'을 붙여 '시인'이라 부르는 것도, 시가 시인이 살아내고 통과해낸 삶과 사회와 시대의 언어적 응집체인 것도 모두 그 때문이다. 시가 삶과 사회와 시대를 사실적으로 반영할 때 '실물과 다름없을 정도로 몹시 비슷하다'는 뜻의 핍진성逼眞性, verisimilitude이라는 용어로 설명되곤 한다. 원래 핍진성이 사실주의나 리얼리즘, 그것도 서사문학에 유용한 척도였기에, 서정시에서도 핍진성은 주로 시적 서사를 동반한 섬세하고 적확한 시적 묘사에 사용되곤 한다.

이러한 핍진성이 역설paradox과 만날 때 시의 의미는 한층 깊어진다. 이때 역설은 실감, 박진감, 여실함, 방불함, 리얼함 등으로 표현되는 현실의 구체성에 깊이를 부여하는 기둥 역할을 하며, 현실의 고통과 절망을 초극하기 위한 지렛대 역할을 한다. 핍진성 있는 현실 묘사에 모순성을 부여함으로써 현실인식에서 현실초극으로 이끌어주는 시적 표현이 역설이기 때문이다. 이때 모순적인 의미는 모순된 진술에 그치는 것이 아니라 의미심장한 시적 진리를 함축하고 있어야 한다.

시적 핍진성과 역설을 중심으로 농촌 현실의 핍진성을 보여주고 있는 시 한 편을 소개한다. 독재와 산업화가 동전의 양면처럼 맞물려 있던 1960~70년대의 우리 농촌 풍경과 농민 정서를 한 시대의 상징으로 형상화한 신경림(1935~)의 「농무」라는 시이다.

징이 울린다 막이 내렸다
오동나무에 전등이 매어달린 가설무대•
구경꾼이 돌아가고 난 텅 빈 운동장
우리는 분이 얼룩진 얼굴로
학교 앞 소주집에 몰려 술을 마신다
답답하고 고달프게 사는 것이 원통하다
꽹과리를 앞장세워 장거리•로 나서면
따라붙어 악을 쓰는 건 쪼무래기들뿐
처녀애들은 기름집 담벽에 붙어 서서
철없이 킬킬대는구나
보름달은 밝아 어떤 녀석은
꺽정이•처럼 울부짖고 또 어떤 녀석은
서림이•처럼 해해대지만 이까짓
산구석에 처박혀 발버둥친들 무엇하랴
비료값도 안 나오는 농사 따위야
아예 여편네에게나 맡겨두고

가설무대 임시로 만든 무대.
장거리 장이 서는 거리.
꺽정이 임꺽정. 백정 출신으로, 일부 백성을 모아 황해도와 경기도 일대에서 탐관오리를 죽이고 그 재물을 빼앗아 빈민에게 나누어 주었던 의적.
서림이 임꺽정을 배신한 동료.

쇠전[•]을 거쳐 도수장[•] 앞에 와 돌 때
우리는 점점 신명[•]이 난다
한 다리를 들고 날나리[•]를 불거나
고갯짓을 하고 어깨를 흔들거나

—신경림, 「농무[•]」(『농무』 수록, 창비, 1971)

'우리'라는 민중적 연대의식

1960년대 참여시는 1970년대에 들어서면서 민중시라는 개념으로 바뀌는데, 이 「농무」는 1970년대식 '민중시의 물꼬를 튼' 대표적인 작품으로 평가된다. 산업화 또는 근대화는 "서울로! 서울로!"라는 슬로건 아닌 슬로건으로 시작되었다. 농민들이 대도시로 몰려들면서 농촌의 해체가 본격화되던 즈음 신경림 시인은 민중이라는 연대의식 속에서 농민과 도시 노동자 들의 삶의 애환을 형상화하기 시작했다. 그런 의미에서 「농무」에서 '우리'라는 시어는 주목을 요한다. '우리'라는 말에는 내가 들어 있고 네가 들어 있다. '우리'라는 울타리 안에는 널따란 품 같은 수평적 친밀함이 있고, 공모와 공유와 공감의 연대가 자리잡고 있다.

쇠전 소를 사고파는 장.
도수장 도살장, 가축을 잡아 죽이는 곳.
신명 흥겨운 신이나 멋.
날나리 날라리. 태평소를 달리 이르는 말.
농무 농악무. 풍물놀이에 맞추어 추는 춤.

참여시와 민중시 부조리한 현실을 비판하고 그 변혁을 촉구하는 내용의 시를 말한다. 참여시는 1960년대 이후 산업화 과정에서 발생한 사회적 모순과 비인간화에 대한 관심과 성찰을 보였다. 대표적인 시인으로는 김수영, 신동엽, 고은, 김지하 등이 있다. 참여시는 1970년대 더욱 암담해진 정치 · 사회적 상황에서 노동자, 농민 등 민중의 생활과 관점을 대변하면서 민중시라는 이름으로 불리게 된다.

농무는 두렛일*을 하며 두레패들과 함께 '우리'가 되어 놀아야 하는 농악과 춤이다. 논두렁이나 밭두렁에서 놀아야 마땅하다. 그러나 시에서 두레패들은 구경꾼들을 위해 얼굴에 분을 바르고, 농무는 학교 운동장에 세운 '가설무대'의 볼거리로 전락해 있다. 시는 그 구경꾼들마저 모두 돌아가버린 텅 빈 운동장에서부터 시작된다.

'징이 울리'고 '막이 내린' 텅 빈 운동장은, 산업화와 도시화로 비어가는 농촌 현실을 상징한다. 술과 노름과 빚, 주정과 싸움과 울음만이 늘어나는 농촌의 현실이 '답답하고' '고달프고' '원통해서' 농사꾼인 '우리'는 소주를 마신다. 술잔이 돌고 술기운에 취해서야 두레패의 후예인 '우리'는 보름달 아래 꽹과리를 앞장세워 장거리에 나선다. 역시 조무래기들이나 처녀애들만이 꼬일 뿐이다. 농무가 외면당하고 있는 상황 묘사를 통해 쇠락해가는 농촌현실을 실감나게 보여주고 있다.

그러나 소시장을 거쳐 도살장을 돌며, 임꺽정처럼 울부짖거나 임꺽정을 배신한 서림이처럼 해해대기도 하며, 모두 한패가 되어 놀아본다. 돌고 돌면서 점점 더해가는 '우리'의 신명에는 술기운과 분노와 원통이 묻어나기도 하지만, 놀고 놀면서 점점 가벼워지는 '우리'의 몸짓에는 흥과 신바람이 붙기 시작한다. '우리'의 고단한

두레 농민들이 농번기에 농사일을 공동으로 하기 위하여 부락이나 마을 단위로 만든 조직.
두렛일 여러 사람이 두레를 짜서 함께하는 농사일.

삶을 농무 가락에 실어 '우리'의 삶과 연대감을 신명나게 담아내고 있다. 이러한 연대감과 신명은 그의 다른 시들, 이를테면 "우리의 슬픔을 아는 것은 우리뿐/ (……)/ 우리의/ 괴로움을 아는 것은 우리뿐"(「겨울밤」)라거나 "못난 놈들은 서로 얼굴만 봐도 흥겹다"(「파장罷場•」)라는 구절들에서도 찾아볼 수 있다.

시적 핍진성과 현실인식

이 시는 농촌 현실에 대한 사실주의적 묘사만으로도 중요한 시적 발견을 성취하고 있다. 시인의 내면 정서를 비유적 대상으로 형상화해내는 기존의 서정시 문법과 다르다는 점에서 그렇다. 먼저, 이 시에는 서사가 있다. 그 서사는 운동장 가설무대에서부터 소줏집, 장거리, 기름집(담벽), 쇠전, 그리고 도수장에 이르는 농촌의 구체적인 장소를 중심으로 '우리'들의 이야기를 엮고 있다. 장소가 이동함에 따라 '우리'의 상황과 심정이 달라지고 행위들도 달라진다. 그 변화들을 핍진성 있게 구현해내고 있다.

또한 가설무대도 "오동나무에 전등이 매어달린" 가설무대이고 얼굴도 "분이 얼룩진" 얼굴인 것처럼 정확하고 사실적인 수식을 활용하고 있다. 징, 막, 가설무대, 꽹과리, 날라리와 같은 농악기 이

파장 여러 사람이 모여 벌이던 판이 거의 끝남. 또는 그 무렵.

름이라든가 다리(들다), 고개짓, 어깨(흔들다)와 같은 농무의 동작을 묘사하는 시어들도 마찬가지다. 쪼무래기, 녀석, 산구석, 발버둥, 비료값, 여편네, 이까짓, 킬킬대다, 해해대다, 처박히다 등의 일상적 구어 또한 농무의 핍진성을 더해준다.

6행, 14행, 16행에서처럼 농민들의 일상적 말투와 솔직한 감정을 표출한 입말• 들에서는 농촌 삶의 현장성을 드러낸다. 꺽정이, 서림이처럼 소설 『임꺽정』의 주인공 이름들을 끌어와 임꺽정의 서사와 이념을 끌어들이기도 한다. 이에 더해 '~한다(했다)', '~하다', '~하는구나', '~하랴', '~할거나'와 같은 객관적 묘사(서술), 토로, 감탄, 반문(망설임) 따위의 다양한 종결어미를 구사함으로써 농무(농악)의 역동성과 '우리'의 복합적인 감정과 정서 표현에 입체감을 부여하고 있다.

도시에 나갈 여력이 없어서 별수 없이 고향에 남은 사람들, 도시에 적응하지 못하고 농촌을 떠돌거나 귀향한 사람들이 애써 울분을 삭이며 흥을 북돋는 장면들을 사실적으로 보여주는 시이다. 이야기와 묘사와 정치의식이라는 리얼리즘• 시학의 핵심 요소가 신명나는 한바탕의 농무처럼 잘 어우러져 있다.

입말 문장에서만 쓰는 특별한 말이 아닌, 일상적인 대화에서 쓰는 말.
리얼리즘 사실주의. 일반적으로 현실을 있는 그대로 묘사 · 재현하려고 하는 창작 태도.

이 시에서 '우리'라는 시어는 4행과 18행에서 두 번 반복된다. 앞의 4행의 술을 마시는 '우리'의 정황은 비교적 쉽게 이해된다. 가설무대도 막을 내렸고 무엇보다 "답답하고 고달프게 사는 것이 원통"(6행)해서 술을 마신다. "이까짓 산구석에 처박혀 발버둥친들 무엇하랴"(14행) 혹은 "비료값도 안 나오는 농사 따위야/ 아예 여편네에게나 맡겨두고"(15, 16행)와 같은 구절에서는 그 허탈감과 울분이 단적으로 드러난다.

문제는 18행의 "우리는 점점 신명이 난다"는 구절이다. 참고서를 보면 이 부분에 쓰인 표현법이 반어인지 역설인지를 묻는 질문들이 많다. 일단 반어는 아이러니irony, 역설은 패러독스paradox의 번역어다. 반어는 말하는 것과 의미하는 것이 반대인 것이고, 역설은 겉으로 볼 때 모순(양립할 수 없는 두 가지 특성이 동시에 존재)되는 표현이지만 그 속에는 참된 진리나 진실을 내포하는 것이다.

반어는 표현 자체에는 모순이 없으나 표현한 것과 의미 사이에 모순이 생기는 경우를 말하며, 이에 비해 역설은 표현 자체가 모순될 뿐만 아니라 그 모순된 표현에 이치에 맞는 진리가 내포된 경우이다. 거지를 가리키면서 '성자'라고 표현하면 반어이고, '거지 성자'라고 표현하면 역설이다. 때로는 반어와 아이러니도 어감에서 다소 차이가 난다. 표현한 것과 의미하는 것 사이의 모순이 피상적• 차원에서 이루어질 때는 반어적이라는 말이 더 적합하고, 표현한 것과 의미하는 것 사이의 모순이 보다 구조적이고 인식적인 차원에서 이루어질 때는 아이러니라는 말이 더 적합하다.

그렇다면 "우리는 점점 신명이 난다"는 반어인가 역설인가. 신명이 나지 않는 걸 신명이 난다고 하면 반어겠지만, 실제로 신명이 나고 있기 때문에 역설에 가깝다. 다시 말해 신명이 날 수 없는 답답하고 고달프고 원통한 상황에서 신명이 나는 것이고, 특히 농사의 상징이고 농부의 분신인 소가 죽음을 맞이하는 도수장에서 신명이 나는 것이므로 울분과 신명, 죽음과 생명이 공존하는 역설로 봐야 한다. 또한 슬픔과 울분의 상황에서 신명을 이끌어내고 있다는 점에서 상황적 아이러니, 슬픔과 울분에서 신명으로 마무리되고 있다는 점에서 구조적 아이러니라고도 할 수 있다. 그러므로 역설에 가장 가깝고, 반어라고는 할 수 없지만 상황적 · 구조적 아이러니라고는 할 수 있다.

'신명'이 반어인지 역설인지 하는 문제와 연결된 것이기도 하지만, '농무'가 농민의 울분과 한을 표출하는 것인지, 현실에 대한 극복의지를 표출하는 것인지를 묻는 질문도 많다. 시의 중반부를 넘

피상적 본질적인 현상은 추구하지 아니하고 겉으로 드러나 보이는 현상에만 관계하는.

어서까지 농민들의 울분과 탄식을 드러내고 있지만, 후반부에서는 그와 반대인 신명나는 춤으로 이어졌다는 것 자체가 극복의지를 드러내고 있다. 울분과 비애를 발산하는 적극적이고 긍정적인 행동을 통해 그것들을 승화시키고 있는 셈이다. 역설적 승화라 할 수 있다.

사실, 이 시의 제목을 농무, 농악춤으로 내세운 데서 이미 승화 및 극복의지는 암시되어 있다. 울분과 비애 발산에 초점을 맞추었다면 쇠전이나 도수장과 같은 장소나, 비료값과 같은 현실적 문제나, 혹은 농악기가 아니라 언제든지 무기가 될 수 있는 농기구 등이 강조되었을 것이다. 게다가 신명 자체에는 울분과 비애가 깔려 있다. 신명 자체가 한과 고뇌 속에서 싹트는 역설의 정서이기도 한 것이다. 그러므로 농무 자체가 울분과 한을 풀어내는 신명의 춤이다. 농무를 통해 신명에 이르지만 그 신명 속에 담긴 절절한 울분과 한, 이런 모순과 분열을 정직하게 그려낸 것이야말로 「농무」의 가장 큰 미덕일 것이다. 특히 치고 빠지는, 갈앉았다 솟는, 슬픔과 해학의 정조가 일품이다.

그리고 여기,
절망에서 희망을 빚어내는 시적 역설

도시 민중의 삶을 보여주는 정호승(1950~) 시인의 시가 있다. 맹인 부부 가수가 눈 내리는 겨울의 밤거리에서 지나가는 사람들에게 자비를 구하며 노래를 부르고 있다. 사람들은 무관심하고 내리는 눈은 쌓여만 간다. 그래도 맹인 부부는 노래를 멈추지 않는다. 1980년대 도시의 거리에서 흔히 볼 수 있었던 실제 풍경이기도 하다.

구걸을 하는 맹인 부부 가수의 노래는 눈발을 뚫고 길이 되고, 맹인 부부 가수 스스로가 "봄이 와도 녹지 않을 눈사람"이 된다. 울음에서 비롯된 이들의 노래가 절망에서 희망으로, 무관심에서 사랑으로 변해가고 있는 것이다. 시대의 절망을 기다림으로 연결시켜 놓음으로써 희망을 빚어내는 아름다운 시적 역설을 보여준다. 특히 사랑할 수 없는 것을 사랑하고, 용서받을 수 없는 것을 용서한다는 구절이야말로 종교적 가르침에 가까운 아름다운 역설의 표현이다.

이 같은 메시지와 더불어 가난한 '맹인 부부 가수'와 '눈 내리는 겨울밤'의 핍진성 있는 묘사는 독자들의 공감을 유도한다. 눈眼이 먼 맹인 부부 가수가 정치적으로 암울했던 당시 민중*의 자화상이

민중 국가나 사회를 구성하는 일반 국민. 피지배 계급으로서의 일반 대중을 이른다.

라면, 눈雪 내리고 어두워진 길은 희망과 비전의 상실을 당대의 시대상일 것이다. 가수 안치환이 이 시에 곡을 붙여 부른 노래 또한 권한다.

> 눈 내려 어두워서 길을 잃었네
> 갈 길은 멀고 길을 잃었네
> 눈사람도 없는 겨울밤 이 거리를
> 찾아오는 사람 없어 노래 부르니
> 눈 맞으며 세상 밖을 돌아가는 사람들뿐
> 등에 업은 아기의 울음소리를 달래며
> 갈 길은 먼데 함박눈은 내리는데
> 사랑할 수 없는 것을 사랑하기 위하여
> 용서받을 수 없는 것을 용서하기 위하여
> 눈사람을 기다리며 노랠 부르네
> 세상 모든 기다림의 노랠 부르네
> 눈 맞으며 어둠 속을 떨며 가는 사람들을
> 노래가 길이 되어 앞질러 가고
> 돌아올 길 없는 눈길 앞질러 가고
> 아름다움이 이 세상을 건질 때까지
> 절망에서 즐거움이 찾아올 때까지
> 함박눈은 내리는데 갈 길은 먼데

무관심을 사랑하는 노랠 부르며

눈사람을 기다리는 노랠 부르며

이 겨울 밤거리의 눈사람이 되었네

봄이 와도 녹지 않을 눈사람이 되었네

— **정호승, 「맹인 부부 가수」(『서울의 예수』 수록, 민음사, 1982)**